22 segundos

Esta obra ha recibido una ayuda a la edición
del Ministerio de Educación, Cultura y Deporte

Fotografía de cubierta: Ángel Rodal
Idea original de foto y modelo: Marcos Ceive Gandón
Primera edición: septiembre 2019

© Eva Mejuto
© Derechos mundiales, excluidos
gallego, portugués, catalán y euskera: Lóguez Ediciones 2019
37900 Santa Marta de Tormes (Salamanca)
www.loguezediciones.es
ISBN: 978-84-120521-1-4
Depósito legal: S 396-2019
Impreso en España

Eva Mejuto

22 segundos

Traducido del gallego por
Eva Mejuto

Lóguez

A Marcos, André, Kris, Eric, Víctor…
A las personas que luchan por ser quienes son.
A Eva, cada vez más cerca.

10 de septiembre de 2017

La luz roja parpadeaba insistentemente. Llevaba mucho tiempo dándole vueltas a la idea y estaba claro que quería, necesitaba hacerlo, cumplir su promesa. Estaba decidido. La cámara encendida le pedía, a voz en grito, que lo hiciese de una vez... ¿A qué esperas? ¡Suéltalo ya! ¿Acaso no habla todo el mundo de lo que piensa, lo que hace, lo que opina en Internet? Lo que no se dice es como si no existiera, le había dicho el abuelo un día. Y ya era hora de existir. Álex, hasta ese momento, sólo había vivido de puertas adentro. Comenzó a sudar gotas heladas que le resbalaron por la espalda. Ya no había marcha atrás.

Eh... Mmm... No sé por dónde empezar... Perdonad, estoy nervioso... Me llamo Álex y soy un chico trans. Resulta raro hablar sin saber quién está al otro lado, pero... qué curioso, está siendo más fácil de lo que pensaba. Más incluso que hablarle a la gente conocida. Abro este Vlog para compartir con vosotros mi vida, cosas del pasado pero, sobre todo, de un futuro que empieza hoy: mi transición, el viaje hacia mí mismo. Quien me conozca y vea este vídeo entenderá muchas cosas, o quizá nada de nada. Hay gente que nunca será capaz de comprender, ni aceptar, aquello que se salga de la norma. Todo lo distinto asusta, da vértigo porque nos obliga a cuestionarnos tantas cosas... Y lo peor de todo es el miedo que nos impide ser quienes somos. Por eso hago este vídeo, porque no quiero tener vergüenza ni miedo, ni de mí ni de los que me odian e insultan. Tampoco de los que me quieren. Quizá mi experiencia pueda ayudar a quien esté pasando por lo mismo que yo y no tenga otro apoyo. Muchos se han quedado en el camino y otros se han ido para empezar de cero en otro lugar. Yo no quiero irme a ningún lado, no quiero huir de nada ni de nadie. Por eso os pido, a partir de este preciso momento, que me llaméis siempre Álex. Cuando uséis el nombre que está todavía en mi DNI, haré como quien oye llover. Ese no es mi nombre, nunca lo ha sido. Podéis seguirme, suscribiros o dejar vuestros comentarios en este canal de YouTube: ÁLEX FTM. Gracias.

Antes de que le diera tiempo a pensar, conectó la cámara al ordenador. Veintidós segundos. Ese fue el tiempo que tardó el archivo en subir a la Red. Mirando fijamente el *uploading files* de la pantalla, Álex vio pasar su vida en imágenes, escenas aisladas que iban hacia atrás, como el *flashback* de las series, con un fundido a veces en blanco y otras en negro, imágenes borrosas y nítidas a la vez: el abuelo, la escuela, el desván, el muelle, los recreos, los gritos de: ¡marimacho!, los besos de Ana, el hospital... todo a una velocidad supersónica que, a la vez, le pareció una eternidad. Mientras, sentía latir su corazón con fuerza en el pecho. POM POM POM POM...

1 SEGUNDO
El chándal

—Adela, la niña está llorando de nuevo, ¿qué demonios le pasa ahora?

—Yo qué sé, papá, todos los días hace lo mismo; no quiere ponerse el vestido ni deja que le haga las coletas. ¡Será terca! A ver, cariño, ¿por qué lloras? ¡Con lo guapa que estás con el vestido nuevo...!

—Deja a la chiquilla que se ponga lo que le dé la gana, mujer. ¿Quiere ir en chándal? ¡Pues que vaya! ¿A ti qué más te da?

—Ya, claro, papá, si con cuatro años hace ya lo que le sale de las narices... con ocho, ¿qué? ¿Le dejamos que se ponga un *piercing* en la nariz, como el del nieto de Manolo?

—Ay, hija, si la niña quiere llevar pantalones o ponerse una bolsa en la cabeza en vez de coletas, ni tú ni yo vamos a poder impedírselo. Como bien sabes, en esta familia siempre hemos hecho lo que nos ha salido de dentro, ¿o acaso tú no?

—No empieces, papá...

Desde que tengo memoria, mamá y el abuelo se pasaban el día a grito pelado por cualquier cosa. Cuando digo gritar, me refiero a hablar en voz muy pero que muy alta, no a discutir (que también). Sus voces y mis lamentos delante del armario eran la música habitual en nuestra casa cada mañana. Como vivíamos a un lado de la estación, el ruido del tren completaba la sonata matutina. Si llegaba algún tren, ellos voceaban todavía más alto y yo lloraba aún más fuerte, para no perder mi turno en la función. Y mientras se enzarzaban, yo paraba de llorar y, con mucho disimulo, cogía de la cesta de la ropa sucia el chándal del día anterior, lleno de barro de jugar a la pelota con el abuelo, y llegaba a la cocina con una sonrisa de oreja a oreja, soltando besos por el aire a los dos.

—¿Nos vamos ya a la escuela? —Así resolvía yo el conflicto familiar, cambiando de tema—. A la profe no le gusta que lleguemos tarde. Apúrate, mamá, que tenemos mucho que hacer. Hoy, además, es un día muy importante: vamos a aprender a escribir la A, que es la letra de abuelo y de Adela, ¿a que sí?

—Qué habilidad tiene la niña para lo que le conviene, la muy zalamera, no sé a quién me recuerda… —decía el abuelo intentando disimular una sonrisa.

Con la mochila nueva de Shin Chan y el chándal verde, era la personita más feliz del mundo.

—Anda, papá, llévala tú hoy, que llego tarde a la fábrica y con mi jefe hay que andar con mucho ojo. El otro día le descontó a Manuela el salario de medio día por llegar tarde veinte minutos. Tenía a su hijo enfermo y nadie con quien dejarlo… ¡menudo sinvergüenza!

— A ese impresentable le decía cuatro cosas… No te preocupes, que la llevo yo.

—Y cámbiala de ropa, no va a ir toda sucia a la escuela, que te conozco…

—Sí, sí, ve tranquila —le hacía burla por detrás y me guiñaba un ojo.

—¿Tranquila? ¡Y un carajo! Sois tal para cual —refunfuñaba.

—Habla bien, mujer, vaya boca... ¿Quieres ver a la niña repitiendo "carajo, carajo" por el pueblo? Era lo que nos faltaba.

—No le des ideas, papá. Anda, dame un beso, corazón —me decía y el abuelo ponía los morros como si el beso fuera para él.

El drama siempre acababa con unas risas y yo, feliz, en chándal.

2 SEGUNDOS
La melena

—Cariño, por mucho que llores, sabes que tienes que ponerte el uniforme. Venga, apúrate, que llego tarde al trabajo.

El pacto del chándal duró hasta la escuela primaria; con las monjas no había negociación posible. La falda y el jersey de pico gris y los calcetines blancos acabaron siendo mi segunda piel y me acostumbré a ellos por pura supervivencia. Toda la escuela iba igual, éramos como un ejército en miniatura de color gris corriendo por el patio.

Entonces, la guerra de todas las mañanas fue por las coletas. Mi madre me peinaba con un cepillo de madera grandísimo, o por lo menos a mí me parecía enorme.

—Ay, criatura, no hay manera de domar este pelo, con todos estos remolinos…

Ella peinaba, peinaba y estiraba hasta que conseguía una melena lisa como una tabla. Era un acto inútil. Ella sabía de sobra que sus esfuerzos eran en vano porque, con solo moverme un poco, cada mechón salía disparado para donde le parecía. No es que fuera liso ni rizado; era, simplemente, rebelde.

—¿Quieres que la peine yo, Adela? —El abuelo siempre

estaba dispuesto a echar un cabo, para eso había sido marinero toda su vida.

—Vaya, sí, era justo lo que me faltaba. Tú tienes tanta maña para peinar a la niña como yo para arreglar relojes. Deja, anda, no me fastidies...

—Tampoco tiene que ir como un maniquí todas las mañanas. A ver, mujer, que va a la escuela y no a un desfile de moda.

—Un maniquí no, caramba, pero tampoco tiene que ir como un fantoche.

Peinaba y peinaba sin descanso, en una guerra particular contra mi pelo que nunca entendí bien.

—Este cepillo me hace daño, mamá —lloriqueaba yo.

—¡Y más que te hará si no te estás quieta! —amenazaba ella, incansable.

Cuando consideraba que el mechón escogido conseguía el nivel de lisura deseado, decía, satisfecha:

—¿Ves? Pareces una princesa.

La ilusión tal vez le durase toda la mañana, pero lo cierto es que cuando salía de casa con el abuelo, al girar la esquina de la calle, el viento que venía directamente del mar conseguía que mis pelos locos volviesen a su estado natural, es decir, libres.

Por la tarde, cuando venía a buscarme a la escuela y me veía aparecer toda despeinada, les decía a las otras madres, excusándose:

—Pues os juro que cuando salió de casa esta mañana, estaba como recién salida de la peluquería, ideal...

—Son niños, mujer, no te disgustes —le decían para animarla. A alguna se le escapaba una carcajada por lo bajo cuando mamá me quitaba, con disimulo, las hierbas, piedrecitas o los trozos de goma de borrar que, como por arte de magia, acababan anidando en mi cabeza.

Lo cierto es que el resto de las niñas volvían a casa mucho más... ¿decorosas? Mal sabía yo lo que significaba esa palabra cuando las monjas le mandaron una nota a mamá invitándola, muy amablemente, a controlar que mi aspecto fuese más "decoroso".

—¡Decoroso! ¡Desde luego, lo que hay que oír! Ay, hija, no sé por qué te empeñas en llevarla a esa escuela, mira que te lo advertí, pero tú, claro, por el qué dirán...

—No empecemos, papá. Sabes de sobra que es la que más cerca nos queda de casa y no le viene nada mal que le enseñen un poco de disciplina, porque en esta casa...

—Adela, ¿qué disciplina? Por favor, ¡si la niña tiene cinco años!

Yo escuchaba y los miraba como a un partido de tenis en la televisión: primero uno, luego la otra, uno, otra y, cuando pensaba que ya estaba bien de dar voces, intervenía con un "¡Tengo hambre!" o un "Tengo caca" o con un combinado de las dos necesidades que, normalmente, no se correspondían con la realidad. Yo lo que quería era que dejasen de discutir por tonterías y que jugasen conmigo.

3 SEGUNDOS
Los dibujos

—Esta niña de mayor va a ser artista, ¿has visto lo bien que dibuja, Adela?

—¿Artista? Vaya, espero que no... Yo también quería ser artista y mírame, poniendo mejillones y berberechos en una lata. Eso sí, con mucho arte... todos bien colocaditos haciendo una perfecta composición. Hazme caso, mejor búscate una profesión que dé más dinero, a ver si así salimos de pobres.

—¡De pobres, nada! Ya tenemos el chalé al lado del mar y el yate amarrado en el puerto. Sólo nos falta... ¡una artista en la familia!

Vaya con las ocurrencias del abuelo. Para llamarle yate a su viejo bote y chalé a nuestra casa había que tener mucha imaginación. Con él, era difícil no reírse.

Lo cierto es que, desde que tengo memoria, siempre me ha gustado dibujar. El abuelo me sentaba con un montón de lápices de colores y papeles en la mesa del salón, mientras él leía el periódico. Más que leerlo, lo desgranaba, pasaba con él tanto tiempo que yo creo que se lo aprendía de memoria. Hablaba en alto, refunfuñaba y renegaba por cosas que yo, obviamente, no entendía. Su hora (u horas) del periódico era el tiempo que yo dedicaba a pintar.

—Dibújame un barco, niña, uno bien grande, como el Xirifeiro. —Y me mostraba las fotos de cuando navegaba.

A mí, dibujar barcos nunca me resultó especialmente interesante pero, por complacerle, hacía todos los tipos de embarcaciones que me dejaba la imaginación y la pobre técnica que tenía a mis cinco años.

En la escuela, también pintaba. A veces fuera del papel, en la mesa y en la silla, y otras veces, incluso, en el cuaderno de clase. Un día, la profesora nos pidió un dibujo de nuestra familia y nuestra casa. Yo dibujé el "chalé" al lado del mar, con un barco al fondo, para que el abuelo estuviese bien contento. A mamá le puse las faldas de flores que lleva siempre en primavera, los días que está contenta, y al abuelo su gorra azul de marinero. Yo, en el medio, les daba la mano a los dos.

Mari Carmen, que era entonces nuestra profesora, me había dicho que yo me tenía que dibujar con falda y con coletas, que fueron, después del día de la nota famosa de las monjas, mi peinado habitual.

—Si no, vas a parecer un niño. Con lo bien que dibujas… ¡venga!

—A mí me gusta así, ¿no lo puedo dejar? —insistía, por ver si colaba.

—No, mujer, hazlo bien. Vamos a hacer un mural con todos vuestros trabajos.

Cuando se dio la vuelta, yo dibujé una falda por encima del dibujo y dos coletas con lápiz, pero muy clarito, casi sin presionar. La profe siempre decía que si apretábamos mucho el lápiz contra el papel, no íbamos a poder borrar después si nos salía mal. A mí me costaba mucho no calcar en el cuaderno pero, concentrándome mucho y sacando la lengua fuera, me quedó bastante bien.

Mari Carmen pasó junto a mí y me acarició la cabeza. Me encantaba que lo hiciera y que me dijera con aquella sonrisa tan grande:

—¡Eres toda una artista!

Yo me hinchaba como un globo y acababa con las mejillas coloradas como un tomate. La profe Mari Carmen colgó todos los dibujos en el tablón de corcho y el mío, el primero, arriba del todo. En el recreo, mientras toda la clase estaba en el patio, yo dije que necesitaba hacer pis y aproveché para colarme en el aula.

—¿Qué estás haciendo, niña?

La voz ronca de Sor Cecilia me paralizó el corazón. Yo estaba encima de la mesa, sobre la punta de los pies, con una goma de borrar intentando dejar mi dibujo como estaba antes de la censura. Con el susto, me caí de espaldas de la mesa abajo. Después de este trance, lo siguiente que recuerdo es la cara de preocupación de la profesora, que me pellizcaba las mejillas:

—¿Estás bien, pequeña?

Cuando conseguí ponerme de pie, me dio un abrazo y muchos besos.

—Vaya susto nos has dado… Va a venir tu abuelo a buscarte, es mejor que te vea un médico.

Yo me eché a llorar, sin consuelo posible, por el dolor que tenía en la espalda y en la cabeza pero, sobre todo, por la vergüenza de que me hubiesen pillado haciendo algo que yo, sin saber muy bien el porqué, adivinaba que no estaba bien.

Cuando el resto de profesoras se marcharon a sus clases, Mari Carmen me habló muy bajito:

—¿Por qué has hecho eso? ¿No te gustaba cómo había quedado el dibujo?

No pude parar de llorar hasta que llegó mi abuelo, que me calmó con un abrazo de los que alejan el miedo y todas las penas.

—Su nieta, que es muy perfeccionista, estaba dándole unos retoques a un dibujo suyo que estaba en el tablero y se cayó, pero pensamos que no es grave. Sólo el susto y un buen chichón.

—Es que a esta niña como se le meta algo en la cabeza, no hay quien le lleve la contraria… No creo que sea nada, en la familia somos todos de cabeza muy dura, pero la voy a llevar al médico, por si acaso. Muchas gracias, Mari Carmen, la niña no hace más que hablar de ti: que si la profe esto, la profe aquello…

—¡Yo también la quiero mucho! Y cómo dibuja… Aquí estamos impresionadas con ella. —Sonrió y no dijo más.

Miré mi dibujo, realmente no me había dado tiempo a borrar casi nada. Qué pena, el chichón y la vergüenza, para nada.

En el médico me revisaron bien la cabeza, los oídos, los ojos, la nariz y, finalmente, dijeron que estaba todo bien, que no había por qué preocuparse. El resto del día me lo pasé muy bien con el abuelo, haciendo los recados, y hasta me dejó beber un refresco en el bar del muelle.

—No le digas nada a tu madre, ¿vale? Que luego me echa en cara que te malcrío...

Yo bebía de la pajita y me sabía a gloria, a pesar de que tenía las posaderas, la espalda y el orgullo aún doloridos.

Al día siguiente, cuando llegué a la escuela, lo primero que hice fue ir a localizar mi dibujo. ¡No tenía falda ni coletas! Si yo no había conseguido borrarlo…, ¿quién había sido?

La profe Mari Carmen me guiñó un ojo y yo fui tan feliz que no me cabía el corazón en el pecho. Desde entonces siempre hice los dibujos como me dio la real gana. En todos ellos, yo llevaba pantalones y el pelo corto. Ya que la batalla del uniforme la había perdido sin remedio, en los lápices y el papel… ¡mandaba yo!

4 SEGUNDOS
La carta a los Reyes Magos

—Ya has acabado de escribirles la carta a los Reyes Magos, cariño?

—Sí, mamá, pero como aún no sé escribir del todo bien, le puse varios dibujos, por si acaso no se entiende bien la letra.

Todo lo que tenía de habilidad en el dibujo, lo tenía de dificultad en la escritura. Así que dibujé un balón de fútbol del Barça con las firmas de los jugadores, el barco pirata de los Lego, un chándal nuevo de Spiderman, como el que llevaba el capitán del equipo de fútbol de los mayores y, por si colaba, una bicicleta.

—Entonces, ¿no quieres ninguna muñeca? ¿No te gustan aquellas que vimos ayer en la tele, que tienen los ojos muy grandes? ¿Cómo se llaman?

—Las Bratz, mamá, las tienen todas mis compañeras de clase, pero es que no sé qué hacer con ellas. Son tan feas y tan aburridas... ¡No valen para nada! Con un balón puedo jugar con el abuelo o en el barrio con los otros chavales, pero con una muñeca... ¿Para qué demonios sirve?

El año anterior, los Reyes me habían traído una muñeca que hacía pis, caca y también se echaba unos cuescos muy divertidos. Lo de los pedos me gustaba mucho y andaba por toda la casa con la muñeca a todo pedorreo… ¡Brrrmm! ¡Brrrmm! Como si fuera el tubo de escape de un coche. Cuando se le acabaron las pilas, sospechosamente pronto, a decir verdad, la dejé tirada en el desván, con las cosas viejas del abuelo, de cuando navegaba.

—¿A dónde ha ido a parar la muñeca que te trajeron los Reyes, cielo?

—Pues… no lo sé, mamá —Mentir siempre me causó graves remordimientos, un enorme sentimiento de culpabilidad, pero me acostumbré a hacerlo para no disgustarla—. Ejem… me la llevé al muelle, un día que iba con el abuelo, se debió de quedar por allí…

—¡Papá! ¿Así cuidas de la niña? Se va dejando todo por ahí y ni te enteras… Vaya cabeza que tienes. Cualquier día dejas atrás a la niña también.

El abuelo me miró con cara de reprobación pero no dijo ni pío. Así que nos fuimos los tres, muelle arriba, muelle abajo, mirando en todos los rincones. Por supuesto, nunca apareció.

Ese año, pensé que mamá no iba a insistir ya con las puñeteras muñecas, pero se empeñaba una y otra vez en no querer ver la evidencia y, como era previsible, los Reyes, de los que yo estaba ya en ese punto de saber quiénes eran pero jugaba al despiste, me habían traído lo siguiente:

–Un chándal verde claro con rayas azules. No era de *Spiderman* pero tampoco rosa como otras veces.

–Un barco de Lego siguiendo, con buen criterio, mis indicaciones. No era pirata, era de pesca, pero me valía igual.

–Una muñeca que se llamaba "Princesita Peinados". En realidad no era una muñeca entera, era un pedazo de muñeca cortada por el pecho, sólo tenía hombros y cabeza y a mí me daba bastante *yuyu*. Traía una corona de brillantes y un cabello largo y liso, rubio, con un estuche de maquillaje y peines y cepillos y no sé cuánta porquería más.

—¿Ves, cielo? Esta muñeca sí sirve para algo. Puedes usarla para hacer peinados: recogidos, coletas, trenzas, moños... ¡lo que quieras! ¿No es alucinante? Lo que habría dado yo por tener una así a tu edad...

A mí lo único que se me ocurría hacer con esa cosa horrible era tirarla a la basura con caja y todo, pero mi madre la miraba con tanta emoción que me daba una lástima terrible decirle que, si por mí fuera, iba a acabar haciéndole compañía a la muñeca pedorreta. ¿Peinarla yo, que ya bastante odiaba las coletas con las que mi madre me torturaba cada día? No me parecía justo darle semejante castigo a la pobre muñeca que, aunque tenía cara de boba, no me había hecho nada malo.

Disimulé un buen rato, fingiendo que hacía algo con Princesita Peinados y, cuando parecía que mi madre estaba ya contenta, me puse a montar el barco con el abuelo. Él estaba encantado y yo disfrutaba mucho al verlo tan contento, parecía un niño pequeño. Se sabía el nombre de todas las partes del barco: mástil, arca, cabina, puente...

De pronto, el abuelo se acordó de algo:

—¡Si aún queda otro regalo! Tiene razón tu madre, se me va la cabeza por momentos...

Mamá, que estaba maquillando, embelesada, a la tonta de Princesita Peinados, dijo:

—¡Cierto! Me emocioné con la muñeca y se me fue el santo al cielo a mí también...

Yo pensé que iba a ser el balón del Barça con las firmas de los jugadores, como el que tiene Ángel. No es que fuese yo muy fan del Barça, ni de ningún otro equipo, pero pensaba que así los mayores me dejarían jugar con ellos en el recreo de mejor gana.

Cuando me trajeron el paquete me llevé un buen chasco; o el balón venía desinflado, o aquello no tenía traza alguna de ser una bola y, mucho menos, una bicicleta. Cuando lo abrí, me encontré con un montón de pinceles y botes de pinturas de muchos colores, ¡como los que usaban en la escuela los de la ESO! Había también cuadros sin pintar de varios tamaños y una cosa de madera para apoyarlos.

Aquella tarde lo pasamos genial, mamá con la Princesita, el abuelo con el barco y yo pintando. Era mucho más difícil que colorear con ceras o rotuladores y la mitad de la pintura acababa en la ropa, en las manos o en el suelo.

—Poco a poco, cariño, o a ver si te piensas que Velázquez empezó pintando Las Meninas. No sabía quiénes eran ni Velázquez ni aquellas meninas, pero seguí borroneando, con mucha emoción, los lienzos, que así dijo el abuelo que se llamaban los cuadros en blanco.

5 SEGUNDOS
La abuela Elena

—Espero que a tu suegra no le dé otra vez por traerle a la niña vestiditos y lazos para su cumpleaños. Ella y los adornos de señorita... —refunfuñaba el abuelo.

—Ex-suegra, papá, no me fastidies. Sólo de pensar en ella se me revuelve el cuerpo...

Cuando yo estaba cerca, mamá y el abuelo pasaban a hablar en voz baja, susurrando. Yo hacía como que no entendía nada, pero sabía de sobra que estaban hablando de la abuela Elena.

De mi padre, no tenía ningún recuerdo. Sabía que se había marchado de casa al poco de nacer yo y que ahora estaba fuera del país. Nadie me dio más datos y tampoco lo eché nunca de menos. ¿Cómo echarlo en falta si no lo había tenido nunca a mi lado? Para mí, vivir con mi madre y el abuelo era lo más normal. En un pueblo pequeño como el mío, todo el mundo conocía la vida de los demás, todos sabían que mi padre se había marchado, o había huido, como alguna vez escuché murmurar a mis espaldas.

Quien no había huido, y ojalá lo hubiera hecho, era su madre, es decir, mi abuela Elena. A la otra abuela, que se llamaba Adelaida (como mamá, pero todo el mundo acortaba y la llamaba Adela), tampoco la conocí. La gente decía que era una mujer de mucho carácter y, sobre todo, de muy buen corazón. Al abuelo, cuando hablaba de ella, aún se le llenaban los ojos de lágrimas, así que yo nunca preguntaba por ella, para no hacer llorar al abuelo, ni por papá, para no hacer llorar a mamá. Nuestra casa, siempre llena de gritos, estaba repleta, a la vez, de silencios.

—¿A mi cumpleaños va a venir también la abuela Elena, mamá? —pregunté, con miedo.

—Sí, cariño —dijo con voz de resignación.

Cuando la abuela venía a casa estábamos dos días de los nervios. Mamá, porque siempre le estaba chillando que si yo esto o yo aquello, que mira qué pinta lleva la niña, que ella no me pagaba la escuela para ir como una pordiosera… El abuelo, que no le dirigía la palabra cuando entraba por la puerta, torcía el gesto y no abría la boca sino para protestar. A mí me daban ganas de llorar al saber que venía. Y para acabar de rematarlo, mamá me obligaba a ponerme unos vestidos horribles llenos de abalorios y cosas espantosas que, además de ser feísimos, me lastimaban la piel y, sobre todo, el alma; me hacían avergonzarme de mí. Eso era lo peor.

Mamá había asumido ya que una cosa era el uniforme dentro de la escuela, para lo cual no había negociación posible, y otra lo que yo me pusiera en la calle. El pacto había sido, tiempo atrás, que yo me ponía todos los días de clase la falda plisada del demonio sin decir esta boca es mía, pero al llegar a casa, me vestía como me daba la gana; esto es, con el chándal. Pero había un día en el que ese acuerdo se rompía de manera unilateral: cuando la abuela Elena nos venía a visitar. Tocaba vestirse de repollo, como decía el abuelo, con la ropa que ella me enviaba dos o tres veces al año y que, afortunadamente, se quedaba casi siempre sin estrenar.

—¿Entonces otra vez debo ponerme...? —Tenía un nudo en la garganta y ganas de llorar. No me salían las palabras, del disgusto.

—Sí, cariño, es sólo hoy, ya sabes... —Mamá ponía cara de pena, pero era inflexible.

—Ya lo sé, mamá, pero yo no quiero llevar esos vestidos, para mí son como un disfraz y me hacen pasar mucha vergüenza.

—Ya lo sé, mi vida, pero igual que te disfrazas en Carnaval en la escuela, pues también lo haces hoy. ¿Vale? Puede ser hasta divertido...

Sin convencerme del todo, la idea me hizo cierta gracia. La verdad es que cuando venía la abuela, los tres nos convertíamos en otras personas; ¡pues esta vez, yo lo haría a lo grande! Era sólo un día al año y así le daría el gusto a mamá. Ya sé que a ella también le haría ilusión que me vistiera como mis compañeras de la escuela, pero hacía tiempo que se había resignado a que yo no fuera como las demás. Sólo de vez en cuando le daba un arrebato y me ponía lazos en las coletas o diademas, que duraban en mi cabeza el tiempo que yo tardaba en salir de la puerta para fuera.

Para evitar males mayores, me puse el vestido blanco y rosa, zapatos de charol blanco y calcetines rosas. Todo impecable, perfectamente combinado. Los zapatos me venían pequeños y tenía que arrugar los dedos. Los calcetines me apretaban en las piernas, me dejaban marcas para varios días, con los agujeritos del calado. Como la cosa era disfrazarse, agarré el maquillaje de mamá y, para inspirarme en la caracterización, llevé también un cuento de princesas que la abuela me había regalado el año anterior y que, por supuesto, nunca había llegado a abrir. Me pinté coloretes rosas y los labios también de rosa, todo con los mismos polvos porque no encontré la barra de labios por ningún lado. Los ojos, de azul, y con el rímel hice lo que pude. Con la diadema de brillantes que venía en el estuche de Princesita Peinados consideré que la imagen que me devolvía el espejo, que por supuesto en nada se parecía a mí, era el "yo" que mamá y la abuela querían.

Cuando la abuela entró por la puerta, puso cara de disgusto:

—En esta casa siempre huele a pescado, qué asco, no sé cómo hacéis...

—Ya quisieras tú tener en el plato estas lubinas —rezongaba el abuelo. Mamá le golpeó con el pie para que cerrase la boca y, por darle un poco de alegría a aquella escena familiar, me acerqué a ella dando saltos, intentando hacer una coreografía como la de las películas.

—¡Hola, abuela! —fue lo único que pude decir antes de tropezar con la alfombra y caer de narices al suelo, con toda la cara emborronada. Realmente, era difícil hacer cabriolas con unos zapatos nuevos, duros como piedras, y dos números por debajo del que me correspondía.

Cuando intenté levantarme, me entraron ganas de quedarme en el suelo al verle la cara:

—Pero, pero... ¿qué locura es esta? —chilló con los ojos rojizos—. ¡Pareces un payaso!

Yo quería decirle que me había vestido de princesa para ella, pero las palabras no me salían de la garganta con las ganas que tenía de llorar.

Después, ya todo fueron gritos, que si a la niña la estaban criando de cualquier manera, que si para eso se gastaba ella el dinero en la mejor ropa, que hacía una modista expresamente para mí, de lo mejorcito... El abuelo le soltó que podía meterse la ropa y el dinero por donde le cupiesen, que en nuestra casa no queríamos nada más de ella. Todos discutían y yo, que no podía más, me puse a llorar. Debido al golpe de la caída, la pierna me dolía mucho, pero la mirada que me dirigió mi abuela al llamarme payaso y los gritos que le dirigía a mi madre, me dañaban mucho más. Yo, que había hecho tanto esfuerzo por contentarla..., lloraba y lloraba y me caían los mocos y las lágrimas, y la pintura de la cara, que no era poca, acabó resbalando por toda la ropa. Como no quería sorber los mocos, me limpié disimuladamente con la enagua del vestido, o pensé que era la enagua, pero al levantarme tenía el vestido entero lleno de manchas de colores y la cara... como un cromo. Cuando lloré todas las lágrimas que tenía guardadas en el pecho, tomé una determinación.

—Abuela, no me voy a poner más tus vestidos —dije, con contundencia.

Se hizo un silencio, cogí aire para no llorar más:

—No me gustan, me vienen pequeños y me lastiman. Además ya acordé con mamá que fuera de clase voy a vestir cómo me dé la santa gana, ya que en la escuela visto como quieren las monjas. Y no se hable más, no vamos a volver a discutir por este asunto. Si quieres seguir regalándome vestidos porque te hace ilusión, puedes hacerlo, pero yo no me los pienso poner nunca más.

Mi madre se quedó boquiabierta, el abuelo me guiñó un ojo y sonrió con ganas, y la abuela, cuando recuperó el habla, dijo:

—Para tener sólo siete años, niña, vaya carácter endemoniado que gastas, igualito al de Adelaida, que en paz descanse… No te voy a traer más vestidos, excepto este, que es el último, prometido.

Dejó un paquete enorme en la mesa, me dio un beso y a mamá el sobre con el dinero que le dejaba todos los meses.

—Para la universidad, guárdaselo —le dijo a mi madre cuando vio que se lo rechazaba—. ¿O quieres que acabe como tú, oliendo a pescado todo el día?

—Mejor oler a pescado y ganar el dinero limpiamente que no acabar como tu hijo —le espetó el abuelo, lleno de rabia.

—¡No vuelvas a decir eso delante de la niña, desgraciado! —Y se fue, cerrando la puerta con un gran estruendo.

Yo hice como que no había escuchado nada y me fui a lavar la cara.

—¿Me puedo quitar ya los zapatos, mamá?

—Claro, cariño. Se los voy a dar a alguna familia que los necesite, y todos los demás, también. Ponte el chándal que te trajeron los Reyes, lo acabo de planchar.

Me quedaba algo pequeño, pero mucho mejor que los zapatos de charol y el vestido blanco y rosa. El abuelo se disculpó delante de mamá:

—Lo siento, Adela, no me gusta decir esas cosas pero es que a esa mujer… no puedo verla ni en pintura.

—Yo tampoco, papá, pero nos guste o no, somos familia, y quiere a la niña, aunque no lo demuestre de la mejor manera. Ella también lo pasó muy mal con lo de Xabier e intenta compensarlo, torpemente. Para una mujer de su posición, tragar con todo lo que hizo el hijo y además con la vergüenza, no fue ni está siendo fácil…

—Pues entonces que no fastidie más, que aquí nos arreglamos bien los tres. Con mi pensión y tu salario, no necesitamos más…

—Si no fuera por la deuda de Xabier que tengo que seguir pagando, no te digo que no, pero de momento es lo que hay, lo sabes.

Cuando llegué a la sala con el chándal y la cara más o menos lavada, mamá y el abuelo estaban hablando por lo bajo, pero se callaron al verme.

—¿Vamos a comer una pizza a la de Giorgio? —El abuelo sabía, sin duda, cómo quitar las penas. Giorgio era también marinero del sur de Italia, pisó un día la costa gallega y se quedó en tierra para siempre jamás—. ¿Puedo pedir una especial napolitana sólo para mí? —Había que aprovechar la ocasión.

—Claro que sí, niña, pero límpiate bien la cara, que no sé qué pareces...

—¡Un payaso! —solté yo, y los tres nos echamos a reír a carcajadas.

6 SEGUNDOS
Los des-peinados de Princesita

L a tonta de Princesita, que andaba tirada por casa desde que me la habían traído los Reyes, volvió a entrar en acción en la primavera del año siguiente, la de mis ocho años.

—¿Dónde está Princesita, mamá? Llevo buscándola toda la tarde —pregunté intentando que sonase inocente.

—¿Dónde va a estar? ¡En el desván! Por cierto, también encontré allí la muñeca pedorreta. ¿Cómo iría a parar ahí desde el muelle, que fue, por lo visto, donde la habías perdido?

A mamá no se le escapaba una, caramba. Sentí remordimientos y no fui capaz de decir nada. Bajé la mirada y apreté los labios.

—Yo acusando al abuelo y tú callada como una tumba, desde luego... No anda muy bien de la memoria últimamente y yo le eché una buena bronca sin razón... ¡Pídele disculpas, inmediatamente!

En estos casos, lo mejor era agachar la oreja y hacer lo que mamá decía. Además, sabía perfectamente que en esta ocasión tenía toda la razón del mundo. Pero como el abuelo aún no había llegado, intenté seguir con lo mío:

—¿Puedo entonces ir a buscarla? —Puse mi mejor cara angelical de las ocasiones más peliagudas, con los ojos muy abiertos y una sonrisa de oreja a oreja.

—¿Te ha dado ahora por las muñecas? ¡Alabado sea Dios! Claro que sí, cariño, ya sabía yo que este momento llegaría algún día. —Le cambió la cara en un momento y me dedicó la más radiante de sus sonrisas.

Quizá no fuera tan lista como pensaba... No se podía imaginar para qué quería yo a Princesita. Cuando por fin junté todo el set de peluquería de la muñeca, me dispuse a hacerle las dos coletas de rigor, una de cada lado, con el pelo bien tirante, como me las hacía mamá a mí. Cuando las tenía perfectamente atadas, cogí la tijera con la que el abuelo limpiaba el pescado y le di un corte limpio en cada una de ellas: ¡Zas! ¡Zas! En dos segundos Princesita se quedó con un aspecto... curioso. Le quité las dos gomas que le habían quedado pegadas a la cabeza y le arreglé el cabello. No estaba nada mal para ser la primera vez. El resultado de la operación era el deseado, misión cumplida, así que procedí a hacer lo mismo con mi pelo. Llevaba mucho tiempo pidiéndole a mamá que me dejara llevarlo corto y no había manera. Cuando íbamos a la peluquería, acababa siempre cortando sólo las puntas. Me subí a una banqueta en el baño, de cara al espejo.

La cosa no era tan fácil como parecía. El espejo reflejaba mi imagen al revés y no acertaba a corresponder el movimiento de mi cuerpo con lo que estaba viendo. Con tal problema de lateralidad, la operación no era tan fácil como con la muñeca, que es pequeña y se está quieta. Empecé por la coleta del lado izquierdo, que en el espejo se veía del otro lado. La tijera, que en el pelo de Princesita cortaba perfectamente y había acabado en un pispás, o en un zis-zas, más exactamente, con mis coletas era misión imposible. La tijera abrió, sin problema, pero al cerrar se quedó trabada en medio de la mata de pelo; ya no quería ni abrir ni cortar. Después de muchas vueltas, la tijera de cortar pescado del abuelo acabó colgada de mi cabeza y yo sujetándola para que no me tirase más del pelo.

Los gritos que salían del baño llegaron a la calle. Mamá, que venía de trabajar, subió las escaleras a toda velocidad. Cuando vio la escena, no sabía si reír, llorar o reñirme...

—¿Se puede saber qué estás haciendo? —dijo entre preocupada y furiosa.

Señaló con el dedo a la Princesita con el pelo corto y a los mechones desparramados por el suelo del baño, los de la muñeca y los míos —los pocos que había acertado a cortar.

Se puso pálida y me quitó la tijera enorme que tenía enganchada en la cabeza.

—¿No ves que te podías haber hecho daño? ¿Por qué no me has avisado?

—Llevo mucho tiempo diciéndote que no quiero las coletas, mamá, pero nunca me escuchas —fui capaz de decirle, con un nudo en la garganta.

—¿Pero no te das cuenta de que siempre de pantalones y más con el pelo corto, vas a parecer un niño en vez de una niña? ¿Quieres que todo el mundo piense que eres un niño?

Sin pensarlo dos veces, salió de lo más hondo de mí, con una voz que no parecía la mía un rotundo:

—Sí.

7 SEGUNDOS
La primera comunión

Desde el incidente de las tijeras, mamá y yo no volvimos a hablar del tema, pasó a ser otro de los silencios que habitaban nuestra casa al lado del mar. Ese día, mamá me cortó ella misma el pelo (yo no lo sabía, pero de joven había estudiado algo de estética e incluso había regentado una peluquería propia, que cerró cuando conoció a mi padre).

—Vaya, Adela, le has quitado las coletas a la niña. ¡Por fin! Mira que llevaba años pidiendo llevar el pelo corto. ¡Estás muy guapa, nena! Tu madre te apretaba tanto las coletas que a veces parecías oriental, con los ojos tan rasgados... ¡Ja, ja, ja!

El abuelo siempre había sido un exagerado, pero razón no le faltaba. Mi madre me estiraba tanto el pelo para hacerme el peinado que durante los diez primeros minutos tenía que mover las cejas y abrir y cerrar los ojos sin parar para recuperar la movilidad facial. Mientras los mechones caían al suelo, mi madre tenía una expresión en la cara que no olvidaré nunca, no sabría explicarlo, con la mirada perdida, susurrando:

—Mi niña, mi niña linda...

Con el pelo corto llegó, para mí, la liberación. Era como un terreno conquistado dentro de mi cuerpo. Cuando fui a hacer los recados a la tienda, pasé por el muelle por la simple sensación de sentir, desde el faro del murallón, el viento en mi cara, en la nuca, en el cogote… El viento que arremolinaba y me despeinaba el pelo. Cerraba los ojos y yo podía ser cualquier persona en cualquier parte del mundo, debía de ser la sensación de la que hablaba el abuelo cuando estaba con el barco en alta mar: la libertad.

—No hay nada que se pueda comparar con eso, pequeña —decía cuando le entraba la morriña.

Cuando llegué a casa, pasé primero por el baño para arreglarme un poco. Una cosa era que mamá hubiese accedido, aún no sé muy bien por qué, a dejarme llevar el pelo corto, y otra es que apareciese en casa, como ella decía, con "pelos de loca".

La alegría me duró muy poco, porque al día siguiente la directora, con esa cara tan seria, nos convocó a toda la clase para formar un grupo de preparación de la primera comunión. Cuando me vio entrar por la puerta, me soltó:

—Señorita Docampo, ¿cómo le ha dado por cortarse la melena justo antes de hacer la primera comunión? Ya hablaré yo con su madre, vaya idea han tenido…

Mis compañeras de clase estaban emocionadas, desde el inicio de curso, con el dichoso asunto: la fiesta, los regalos y, sobre todo, el vestido. Lucía, mi compañera de pupitre, soñaba todas las noches que se le caían los dientes de delante justo el día antes del evento y que en la sesión de fotos no podía abrir la boca. Con cara de pánico contaba que, en la pesadilla, los labios se le metían para dentro, como los de su abuela cuando se quitaba la dentadura postiza por la noche, y que tenía que hacer fuerza con la lengua para que le quedara normal. A mí me daba la risa y Lucía decía:

—Claro, a ti te da todo igual, como si llevas un saco de patatas en vez de vestido… —me regañaba.

No le faltaba razón. Es más, hubiese preferido mil veces la opción saco de patatas. Cuando habló del traje, se me encendió una luz en la cabeza que me hizo recordar el paquete enorme que había traído la abuela Elena la última vez. No me había vuelto a acordar de él hasta ese momento. Durante el resto de la mañana ya no fui capaz de atender a ninguna de las clases; se me encogió el estómago y me empezaron a sudar las manos. Tuve que secarlas no sé cuántas veces en la falda del uniforme, que quedó mojada y arrugada.

Cuando llegué a casa, mamá aún no había regresado del trabajo.

—Cómo tarda hoy —dijo el abuelo—. Seguro que el desgraciado de Miguel las ha cargado de nuevo de horas extra, sin pagarles un euro, claro. Cómo se nota que el señorito no ha dado un palo al agua en su vida, le ha caído la empresa del cielo y de la herencia de su padre. Hala, a vivir a cuenta del trabajo de los demás…

Yo no le hacía ni caso, con la única obsesión de saber si el paquete que había traído la abuela era, como imaginaba, el vestido para mi primera comunión. Como mi madre no llegaba, empecé a buscarlo por toda la casa, pero no encontré el más mínimo rastro. Era un bulto grande, envuelto con papel blanco y un lazo enorme y dorado, un horror.

Todo lo que estorbaba en casa o se iba a la basura o se abandonaba a su suerte en el desván. Para mi desgracia, lo más probable es que estuviese allí en vez de en la basura. El desván era mi espacio preferido de la casa y del mundo entero. Al principio me daba un poco de miedo porque estaba oscuro y había siempre ruidos raros. El abuelo me había dicho un día que eran las gaviotas que se paseaban por el tejado y los pájaros que hacían allí sus nidos, y dejé de tener miedo. Para subir a él había que bajar con un gancho unas escaleras plegables. Como yo no lo alcanzaba, tenía siempre que pedirle a mamá o al abuelo que lo abrieran, pero ese día, no sé por qué, estaba ya abierto. Subí a toda velocidad, con el corazón latiéndome a doscientos por hora. Cuando se me metía una cosa en la cabeza, no podía parar.

En medio de cajas, bolsas y muebles viejos, con un olor inconfundible a polvo y calor, ahí estaba el paquete. Un rayo de sol que entraba por la ventana daba directamente en el espantoso lazo, que parecía tener luz propia. Abrí el paquete con ansiedad, desgarrando el papel en mil pedazos. Efectivamente, era un vestido blanco, de tela rígida y brillante. No sé si fue mi impresión, pero me pareció áspera al tacto, debían de ser las flores o los adornos varios que tenía. Y aún había más, unos guantes y una especie de capucha con un velo. Cogí tanta rabia que le salté encima, lo pisé y lo pisé y después intenté desgarrarlo con las manos, pero no había manera; me rompí dos uñas de hacer fuerza. Una de ellas sangró y todo. Cuando estaba mirando la sangre que salía del dedo, escuché el crujido de las escaleras y la voz furibunda de mi madre:

—¿Se puede saber qué estás haciendo ahora?

Yo estaba tan fuera de mí que me lancé contra ella y empecé a darle patadas, sin acierto:

—¡Eres una mentirosa! Me habías dicho que podía vestir como quisiera y yo no voy a llevar esa porquería de vestido. —Y me eché a llorar con un desconsuelo que no me dejaba ni respirar.

Mi madre me abrazó, me besó y me limpió los mocos con un pañuelo.

—Pero, ¿quién dijo que era para ti? ¡Más te vale no haberlo roto!

Examinó el vestido con cuidado:

—No lo has llegado a rasgar, pero casi. Y lo has puesto todo perdido, me toca llevarlo a la tintorería, un dineral, seguro. Será posible esta niña… El vestido de tu abuela se lo vendí a la madre de Lucía, tonta. Saqué por él treinta y cinco mil pesetas, si se entera tu abuela… Aunque habrá que descontar por lo menos tres mil de la limpieza… —Mamá todavía hablaba de pesetas y yo siempre la corregía, pero en aquella ocasión ni me acordé.

—Vaya cantidad de barro que tienes en los zapatos, niña, mira que te digo que limpies bien los pies antes de entrar en casa, has dejado el vestido que da pena verlo…

El miedo es libre, como decía el abuelo, y menos mal que no tenía a mano las tijeras del pescado. El desastre podría haber sido fatal.

Para mi primera comunión, mamá y el abuelo ya habían acordado que llevaría puesto el mismo vestido que mamá había llevado en su día, una especie de traje de marinero, con un bombacho flojo y lazada en el cuello. Lo había traído el abuelo de Holanda casi 30 años atrás, que a ver por qué su hija no podía también ir de marinera, siendo el mar quien le había dado de comer y de vivir a su familia por no sé cuántas generaciones. Por lo visto, ya en la época había dado mucho de que hablar y por eso la abuela Elena se había apurado en encargar un vestido… ¿como Dios manda?

—A mí entonces no me había gustado nada, papá, yo quería ser como las demás y nosotros siempre estábamos dando la nota.

—Querer ser como el rebaño es de cobardes, Adela. Lo que hay que intentar, siempre, es ser uno mismo o una misma, con todas las letras. Si les gusta a los demás, perfecto. Y si no, pues también.

Las monjas torcieron un poco el gesto con mi traje; a Lucía le sentaba el vestido de la abuela Elena a la perfección, parecía una princesa de las películas y, debió de ser de tanto que rezó, no le cayó ningún diente antes de sacar las fotos. Eso sí, en la fiesta que organizaron, con los ojos vendados para la piñata, pisó el vestido y se partió dos dientes de arriba y uno de abajo. Yo, con mi dentadura intacta, me fui con el abuelo y con mamá a comer una mariscada al Sotavento, un restaurante de un amigo del abuelo, de los tiempos de navegar.

Cómo reaccionó la abuela Elena con la venta del traje, nunca lo llegué a saber, ya que pasó mucho tiempo sin que viniera por casa. En las fotos, yo salgo con mi pelo corto y traje-pantalón de marinero, con una sonrisa enorme y una felicidad desbordante.

8 SEGUNDOS
El fútbol

Había quedado bien claro, en el día de la primera comunión, que yo no era ni tenía la intención de ser como los demás. Ni había ido con el vestido blanco de todas las niñas ni con el de marinero que llevaban los niños.

No tener padre o tenerlo ausente era algo que ya de inicio me colocaba en una situación distinta a la de la mayor parte de los niños y niñas de la escuela. Mi abuelo era una persona muy querida en el pueblo, todo el mundo decía que tenía un corazón grande como un buque y ayudaba a todo aquel que lo necesitaba. "Así estás siempre sin un duro, dándole a todo el mundo", le decía siempre mamá. Pero la fama de raro tampoco le faltaba. Había quedado medio cojo en un accidente del barco y se había jubilado muy joven. Como tenía tiempo y muchas inquietudes, le daba por hacer cosas muy poco convencionales. La última manía en la que andaba era la de aprender chino.

—Es el idioma del futuro, niña. —Y se marchaba, después de tomarse unos vinos con sus amigos en el muelle (le llamaban la Moncloa, ya que allá todos estaban debatiendo siempre de política y arreglando el mundo), a la tienda de Lin, el

"Todo a cien", como lo llamábamos en aquella época, a echar una parrafada con Lin, el propietario, y su mujer. Si aprendió algo del idioma, lo desconozco, pero lo que sí es cierto es que cada día aparecía con un juguete nuevo para mí o algún instrumento, normalmente de dudosa utilidad, para la casa. A mí ese intercambio cultural me resultaba muy beneficioso.

—Raro, raro… qué sabrán. Rara es la gente que no quiere salir de su cobijo y no ve nada más que su propio ombligo —protestaba entre dientes cuando los amigos se burlaban de sus excentricidades.

Como la rareza venía de familia, que yo prefiriera en el recreo jugar al fútbol con los niños que estar con las niñas, no era nada del otro mundo. Sacaba buenas notas y no tenía problemas con nadie. Las monjas me querían mucho y ya se habían acostumbrado a mi poco decorosa actitud, aunque siempre caía alguna bronca por correr de más o chillar por los pasillos.

—En vez de una niña pareces un caballo, qué energía tienes, Dios mío… —decían a mi paso.

Pero en cuarto curso, para mi desgracia, todo cambió. Los chicos de cuarto, quinto y sexto eran a los que llamábamos los mayores y siempre ocupaban, invadían mejor dicho, el patio grande para los partidos de fútbol. Yo estaba siempre en el patio de atrás, con los pequeños, y no había ningún problema. Como le daba bastante bien a la pelota –jugaba todas las tardes con mi abuelo, que siendo joven lo habían fichado en un equipo profesional, o eso decía– nadie cuestionaba que yo anduviera siempre en medio de los chicos. Fue en el momento de formar parte de la élite del patio cuando empezaron los problemas.

La escuela tenía un equipo de fútbol de cierta fama en la provincia, formado por los niños de tercer ciclo. Mientras duraba la liga interescolar, jugaban fuera casi todos los fines de semana y entrenar para el partido del sábado se había convertido, para ellos, en una auténtica obsesión.

—Ella no puede jugar, ya lo hemos hablado —dijo Ángel, el capitán del equipo—. Este año tenemos que ser primeros. Según me han dicho, los Jesuitas tienen un equipazo. Necesitamos entrenar en serio. Después de la liga, que juegue si quiere, pero ahora... ¡ni en broma! —decía con ese aire de superioridad y de seguridad que le caracterizaba desde bien pequeño.

—Pero, Ángel, si manda unos tiros a puerta increíbles, en serio, ya lo sabes.

Raúl, el hermano de Lucía, y yo jugábamos siempre juntos en el patio. Éramos los mejores de los pequeños y Raúl deseaba con toda su alma llegar a cuarto y empezar a competir con el equipo "de los grandes".

—Por nada del mundo, Raúl, ya lo hemos hablado; no digas que no te avisé. Si no quieres jugar tú tampoco, es cosa tuya; pero ella no viene. Y punto. —Se giró dándome la espalda y no me quedó más remedio que alzar la voz.

—Dejad de hablar de mí como si no estuviera delante, caramba, que no soy transparente. Puedo hablar, ¿o eso tampoco? Que yo sepa, los entrenamientos del equipo son los martes y los jueves por la tarde, ¿no? —Todos se callaron y me rodearon, no me gustaba nada esa situación, pero tampoco quería dejar las cosas así—. En los recreos, en el patio juega quien quiere. ¿Cierto?

—A ver, de toda la vida jugamos los del equipo, para entrenar, ¿quieres ahora cambiar las reglas? —me espetó Ángel, con esa soberbia que tanto me cabreaba.

—Pues si las normas no son justas, igual sí habría que cambiarlas, Ángel —salió Raúl en mi defensa—. En serio, que juega de maravilla, tú mismo lo has reconocido más de una vez.

—Para ser una niña, no juegas mal —me dijo mirándome fijamente, retándome—, pero esto es otra cosa, a ver si te enteras de una vez que nos jugamos el primer puesto en la liga, marimacho.

Sentí tanta rabia en el pecho que me dieron ganas de darle con el balón en esa cara de tonto que tenía, pero me aguanté. Como decía el abuelo, había que contar siempre hasta diez antes de dar un puñetazo. Y la mejor forma de fastidiar, que el golpe sea verbal, que daña más.

—Deja, Raúl —le solté con aparente tranquilidad, aunque me hervía la sangre—, el capitán del equipo no quiere a nadie que le haga sombra, no sea que acabe él mismo en el banco de los suplentes o, mejor aún, recogiendo los balones en el pabellón. Como ya son tres veces las que se presentó a delegado de clase y me eligieron a mí, está cagadito de miedo.

Ángel se puso rojo como un tomate. Le había dado donde más le dolía.

—Raúl, dile a la machorra esa que, si quiere jugar al fútbol, que monte un equipo con su abuelo y los chinos de la tienda, pero que en el patio vamos a jugar, como siempre, el equipo masculino de la escuela, eso que lo tenga bien claro. Masculino, ¿entiendes lo que significa o te lo explico? Aquí juegan los chicos, las chicas están en el otro patio y los marimachos, que vayan donde quieran, pero en este equipo, mientras yo sea capitán, no tienen lugar.

Me entraron ganas de llorar, de rabia y vergüenza, y de tirarme encima de él y romperle los dientes a puñetazos.

Alguna vez en el cole se habían metido conmigo por el pelo, porque jugaba al fútbol o porque no era como las demás niñas, pero con ese odio y esas ganas de humillar, nunca.

Me di la vuelta y salí corriendo hacia el despacho de Mari Carmen, mi profe de primero. No me apetecía llamar a la directora y que se montara un lío aún mayor, que se enterase toda la escuela.

Las lágrimas apenas me dejaban ver, pero llegué en un momentito a la sala donde ella solía leer en los recreos que no tenía guardia.

—¿Qué te ha pasado, corazón, te has hecho daño? ¿O qué te han hecho?

Le conté el incidente en el patio.

—Tenemos que decírselo a la directora, esta obsesión por el equipo ya me está tocando a mí también las narices. En el patio juega todo el mundo, para eso es la hora del recreo —dijo contundente.

En ese momento sonó la sirena del inicio de clase, y cuánto lo agradecí, pues con la directora nunca tuve especial *feeling*. Tenía siempre esa cara tan seria, las gafas negras tan grandes, he de reconocer que siempre me dio un poco de miedo.

—Hablo yo con ella, tranquila. No te disgustes, caramba, tú siempre llevas la sonrisa a todas partes, las lágrimas no te sientan nada bien.

Me dio un abrazo, como cuando estábamos en primero y nos entraba alguna pataleta. Sus abrazos siempre me calmaban. Me dio un pañuelo:

—Anda, suénate los mocos, ¿o te los voy a tener que sonar yo como cuando llegaste a la escuela?

Nos echamos a reír. Hace unos años, como me gustaban tanto sus mimos, andaba todo el día detrás de ella con el pañuelo para que limpiara unos mocos que, a decir verdad, pocas veces tenía, pero hacía ruido como si hubiese pillado la gripe del siglo. Un día, hasta me sangró la nariz de hacer tanta fuerza.

Cuando entré en la clase, todo el mundo me miró, pero nadie abrió la boca. Lucía me cogió la mano y dijo:

—Ya me comentó Raúl lo del idiota de Ángel. No le hagas ni caso, efectivamente, tiene miedo de no ser el protagonista, es tan engreído… Y por si fuera poco, andan todas las chicas mayores detrás de él.

Teníamos clase de matemáticas, pero en vez de la profesora, se presentó la directora. Todos contuvimos la respiración, no sólo me imponía respeto a mí, tan alta, siempre de negro, con ese rictus y el ceño siempre fruncido.

—Ángel, ¡a mi despacho!

Me miró a mí, fijamente. Apenas pude sostener su mirada unos segundos.

—Tú también. La profesora de matemáticas hoy está enferma, vais a quedaros leyendo en silencio hasta que yo regrese.

Primero entró Ángel en su despacho, y yo me quedé fuera, en la butaca, con las manos sudando. No lo podía evitar, empapaba todo cuanto tocaba.

A los cinco minutos, Ángel salió con la cabeza baja y la directora, desde dentro, me hizo la señal de que entrara. Allí vi que Mari Carmen estaba a su lado, también muy seria.

—Señorita Docampo, me ha contado la profesora Mari Carmen el incidente del patio. Usted sabe lo importante que es el equipo de fútbol para la escuela, ¿verdad? Hemos estado tres años consecutivos a punto de ganar la liga interescolar de la provincia. Este año, los chicos están muy ansiosos porque hay posibilidades reales de ganar. Fue la dirección del centro quien les sugirió a los miembros del equipo aprovechar los recreos para reforzar los entrenamientos.

No podía creer lo que estaba oyendo. Mari Carmen me miraba de soslayo, pero sus ojos apuntaban hacia la directora.

—Con esto no quiero decir que Ángel haya actuado bien; de hecho, ya ha sido convenientemente amonestado y no se volverá a dirigir a usted en los términos referidos, se lo puedo asegurar. Por supuesto que usted puede jugar a lo que quiera en su ocio, en esta escuela siempre incentivamos el deporte, pero tampoco le vendría mal a usted jugar con el resto de sus compañeras, que también se lo pasan muy bien en los recreos.

Me entraron ganas de decirle muchas cosas, de quejarme, de protestar una y mil veces que era injusto, pero aquel rictus me dejaba sin fuerzas, no me atreví a decir ni pío. Nunca he sabido disimular y mi cara debía de ser un poema:

—No me entienda mal, no quiero decirle que no puede jugar. Sólo le recomiendo que haga lo mismo que sus otras compañeras, por su bien. Caminar contracorriente es muy difícil y da muchos disgustos, se lo puedo asegurar.

Miró a Mari Carmen de un modo que me resultó un tanto desconcertante, y sonrió con una dulzura que yo creía incapaz de aparecer en una cara como la suya:

—¿Verdad, profesora? ¿No está de acuerdo conmigo?

—Directora, yo creo que hay que hacer lo que hay que hacer, cada persona lo que considere dentro de su camino, sin fastidiar a nadie —Yo no me estaba enterando bien de lo que se querían decir la una a la otra, pero estaba claro que había mensajes en clave que no iban dirigidos hacia mí—. ¿Que tú quieres jugar con ellos? Pues, si es lo que te apetece, ¡adelante!

La situación me provocó desconcierto. Definitivamente, no me estaba enterando de la misa la mitad, nunca mejor dicho.

—Pero entonces, ¿puedo o no puedo jugar? —pregunté, con palpable confusión.

—Si es eso lo que usted quiere, sí. Hágales saber a sus compañeros que la dirección del centro, por mucho que desee y que incentive que gane nuestro equipo, no va a permitir situaciones de injusticia de este tipo.

Me quedé con una sensación extraña. Podía jugar y darle al imbécil de Ángel en los morros, pero… ¿quería realmente hacerlo? Darle un corte al idiota, por supuesto. Jugar… no lo tenía tan claro.

Cuando llegué a clase, el silencio se podía sentir denso como la niebla en el mar, pero cuando me vieron entrar, miraron todos hacia mí y empezaron a murmurar:

—¿Qué ha pasado? ¿Qué te han dicho? —preguntaban.

Ángel estaba callado y me miraba fijamente, intentando intimidarme.

—Pues que puedo jugar cuando me dé la gana en el patio, Ángel, fastídiate. —Se escucharon risitas por lo bajo; degusté dulcemente unos segundos de su humillación antes de seguir—: pero he decidido que no me apetece, no voy a jugar con vosotros. Estáis obsesionados con el partido del sábado y ya ni disfrutáis. Para mí jugar así no tiene gracia.

—Mejor, mira qué bien, más cancha libre que nos queda —soltó Ángel, entre aliviado y desconcertado.

—Que no me una a vuestro equipo no quiere decir que no juegue en el patio, ojo, no te confundas.

En el momento, no entendió de qué estaba hablando, pero la semana siguiente pusimos un cartel en el patio grande, estableciendo turnos, por días, para jugar al fútbol, al brilé, al voleibol, al baloncesto y, los viernes, juego libre para quien quisiera.

La directora aceptó mi propuesta, le dijo a Ángel que le parecía justo y apuntó, poniéndome una mano en el hombro:

—Cuando se le mete algo en cabeza, no hay quien la pare, señorita Docampo. Me recuerda mucho a mí, cuando era niña. Debería recuperar su ilusión y su energía, su pasión.

Me dedicó una sonrisa bien grande (ya eran dos las que le había visto en la misma semana). Como decía mi abuelo, no hay que fiarse sólo de las apariencias. Mira quién lo iba a decir.

53

9 SEGUNDOS
Los cómics

En el quinto curso descubrí los cómics. No quiero decir que no supiera que existían, claro que no, pero nunca me había dado por leer ninguno. De los cuentos pasé directamente a leer los libros de mucha letra que nos mandaban en la escuela. Nunca me había gustado mucho leer, a decir verdad, era más de jugar, pero esta nueva etapa vital sin fútbol me daba mucho tiempo libre, especialmente en los recreos.

Un día, mi madre me mandó ir a buscar un abrigo viejo del abuelo, que se lo quería enseñar a los Lin. Como siempre, aproveché para curiosear en las cajas que andaban por allí, y encontré un montón en las que nunca antes me había fijado. Estaban cerradas con cinta negra, ancha, lo que quería decir que eran las cosas de mi padre. A mamá no le gustaba que hurgase en ellas, pero no lo podía evitar. Una cosa es que nunca preguntase por él y otra que no tuviese curiosidad.

Las abrí con cuidado y encontré una cantidad enorme de cómics. Los había de todos los tamaños, algunos que olían a viejo, en color, en blanco y negro. La luz de la linterna que llevaba para alumbrarme no daba para mucho;

cogí unos cuantos al tuntún y los llevé para casa, escondidos dentro del chaquetón del abuelo.

Fui haciéndolo así, poco a poco, llevando cada día dos o tres. Había, sobre todo, de Spiderman, de los X Men y Wonder Woman. Encontré también de Mortadelo y Filemón, Super Humor… No llegué al fondo de la caja, pero vi otras con el mismo cierre, y tenían etiquetas donde se organizaban por títulos y años.

Empecé a llevarlos dentro de la cartera de la escuela y a leerlos durante el recreo. Tenía que ir con mucho cuidado de que mi madre no me pillase aunque, siendo ella como era, la cosa no iba a tardar mucho en salir a la luz. En este caso, no fue mamá, sino el abuelo quien me pilló con las manos en la masa, concretamente en unos del Increíble Hulk:

—Caramba, Adela, por fin has decidido hacer limpieza en las cosas de Xabier. Me alegro, hay que cerrar etapas. ¡Bien hecho! Y parece que la niña ha heredado de él la misma manía de leer tebeos, mira que se gastó su buen dinero en ellos. Claro, como no le costaba ganarlo, era muy fácil…

Mi madre se puso pálida y vino corriendo hacia mí, con el rostro desencajado.

—¿Quién te ha dado permiso para hurgar en las cajas? ¿Cuántas veces te he dicho que no podías tocarlas? ¿Cómo tengo que explicarte las cosas?

Tenía los ojos tan llenos de rabia que no me atreví a decir nada.

—Llévalos ahora mismo donde estaban, los voy a quemar todos o venderlos, o dárselos a su madre. No sé por qué tengo que guardarle yo toda su mierda en casa.

Nunca había visto a mamá tan enfadada conmigo y me dieron ganas de llorar.

—Lo siento, mamá, pero no los tires, por favor, a mí me gustan mucho…

La que se echó a llorar, esta vez, no fui yo sino ella, y me dio mucha lástima verla así. El abuelo salió en mi auxilio:

—Hija, a ver, ya es hora de poner las cosas en su sitio. La niña qué culpa tiene, si le gustan los dichosos tebeos, que se quede con ellos. Vi el otro día que en eBay (el abuelo estaba haciendo un curso de informática y estaba al tanto de lo último en tecnología) se vendió una edición de un Superman por un dineral. A ver si resulta que tenemos un tesoro en el desván y estamos comiendo sardinas con patatas cocidas todos los días, pudiendo comer cigalas y centollas.

Nos echamos a reír y mi madre accedió a bajar las cajas y a colocar los tebeos en las estanterías del salón, sólo para verificar si alguno de ellos tenía valor de verdad.

El abuelo y yo pasamos muchas tardes mirando y catalogando los que había y buscando en Internet en la biblioteca municipal, que por aquel entonces aún no teníamos conexión en casa.

No conseguimos encontrar ninguno excepcional, excepto las primeras ediciones de unos de Mortadelo y Filemón, que valían en Internet ocho euros cada uno, pero la verdad es que, tanto el abuelo como yo, acabamos totalmente viciados en su lectura.

—Mírame aquí, ahora de viejo, con superhéroes… Desde los tiempos del capitán Trueno que no cogía un tebeo en mi mano. Qué tontería, con lo que me gustaban de pequeño… ¿Por qué dejamos de hacer las cosas que nos gustan cuando nos hacemos mayores?

—Nunca es tarde, abuelo. Éstos dámelos a mí, que los llevo para mi cuarto. —Día a día conseguí tener una colección increíble en mi raquítica estantería.

La mayor parte se quedaron en la biblioteca municipal, se los regalamos porque no tenían casi ningún libro en la sección de Cómic, ni en esa ni en muchas otras, que por lo visto hacía no sé cuánto tiempo que no recibían dinero para comprar libros nuevos:

—Pues para otras cosas bien que hay dinero… pero para libros no les interesa. —El abuelo aprovechaba la mínima ocasión para soltar el discurso.

—Claro que sí, pero a mí cualquier día me cae el techo en la cabeza y ni se enteran… Una lástima, señor Ramón, si no llega a ser por las donaciones que nos hace la gente… Aquí poco más que el periódico se podría leer —se lamentaba Rosa, la bibliotecaria.

El abuelo y yo fuimos a comprar unas estanterías nuevas para mi cuarto, para poner todos los cómics con los que decidí quedarme. Los de Wonder Woman, en primera fila. ¡Qué inteligente, qué valiente, qué guapa y qué atractiva me parecía la princesa Diana de Temiscira! Los libros de la Mujer Maravilla ocuparon siempre un lugar especial en mi cuarto, en mis lecturas y, principalmente, en mis sueños más inconfesables.

10 SEGUNDOS
Ana

Fue en el sexto curso cuando conocí a Ana. Acababa de llegar al pueblo, ya que su padre trabajaba en un banco y lo habían destinado a una sucursal que habían abierto en el centro. Entró en clase toda colorada, un día a mitad del curso.

—A partir de hoy, Ana será vuestra nueva compañera. Está recién llegada, tenéis que ayudarla a adaptarse. Viene con muy buenas referencias de la otra escuela, ganó ya un premio literario en un concurso organizado por el Ministerio de Educación. Aquí valoramos mucho la literatura, ¡vas a estar como en tu casa!

Cuantas más cosas decía Sor Mercedes de ella, más roja se ponía la pobre chica, y bajaba la cabeza de tal modo que parecía que quería tocar el suelo con la nariz. Le mandó sentarse a mi lado. Lucía se había roto una pierna y el pupitre pegado al mío estaba vacío.

—No te preocupes, ser la nueva es un mal que dura poco tiempo, ya verás como te acostumbras enseguida a todo.

Me miró con una sonrisa de alivio, entre tímida y pícara. En el recreo, le fui a enseñar el patio y el pabellón. A la derecha, un grupo de niñas hablaban entre ellas, sentadas en el suelo. Al fondo, el grupo de los mayores jugaba al fútbol.

—No me preguntes por qué, pero aquí los niños juegan al fútbol y las niñas se sientan en corro en el suelo a hablar, comer el bocadillo o, como mucho, a veces organizan partidas de vóley.

—¿La biblioteca no abre en el recreo? —preguntó, con los ojos muy abiertos.

—Sólo a veces, para los que están castigados. Como decía Sor Mercedes, en esta escuela se valora mucho la literatura.

Nos echamos a reír.

—¿Y tú, qué haces en los recreos?

—Pues depende del humor que tenga. Antes jugaba siempre al fútbol, pero me cansé, parece que no hay otra cosa en el mundo y me aburrí. Y como no estoy en la liga de los fines de semana y quieren entrenar sólo los del equipo, tampoco les importa mucho que no juegue, más bien al contrario. Monté una buena revuelta para democratizar el patio, pero duró poco la cosa, ya te contaré. Otras veces voy con las chicas, pero casi siempre me aburro bastante también, y sobre todo ahora que no hacen más que hablar de los chicos y de la ropa que compran, están también muy tontitas. Con lo cual, casi siempre ando a mi bola, a mis cosas. Tú ya irás viendo dónde te sientes más cómoda... Si quieres ir con las chicas, ve sin problema, no me parece mal.

—Entonces, ¿tú no eres una chica? —me preguntó levantando una ceja, una sola, la derecha.

La pregunta me pilló desprevenida, y me incomodó bastante.

—¿Por qué dices eso? —intenté levantar también una ceja pero creo que me salió una mueca extraña, que le dio ganas de reír.

—Era broma, disculpa… Como dijiste: si quieres ir con las chicas… es como si tú no fueras una de ellas.

Me eché a reír por la ocurrencia, aunque sentí un fastidio difícil de explicar:

—Era una forma de hablar. A ver, como ellas no soy, todo el día hablando de ropa, y que si este o aquel, mira qué guapo uno, mira qué feo el otro… Yo paso, prefiero andar con mis cómics o dibujar. —Seguí probando infructuosamente el levantamiento de ceja.

—En mi escuela anterior, yo era de las raras que se quedaban a leer en la biblioteca. El fútbol no me gusta y si la ropa, los peinados y los chicos son el tema de conversación del grupo de ahí… O hago que me castiguen para ir a la biblioteca, o me tienes que aguantar a tu lado. Por cierto, no me has dicho cómo te llamas…

—Tienes razón, me llamo Ánxela, pero todo el mundo me llama Xela.

—Yo Ana, encantada —se acercó y me dio dos besos, como si nos acabaran de presentar.

—Ya lo sabía, mujer, lo dijo la jefa de estudios cuando entraste en clase esta mañana, después de relatar tu extenso currículum…

—Sí, eso y lo de los premios, vaya corte. Ahora, además de la nueva, voy a ser la rarita. Aunque, por lo que veo, no soy la única. Mal de muchas…

Me gustó desde el principio su sagacidad, su fino e inteligente sentido del humor. Nunca había conocido a ninguna chica así. También me gustaba su sonrisa y su cabello rizo, moreno, con unos caracoles perfectos, tan distinto de mi pelo rebelde. Desde ese día, nos hicimos inseparables.

—Caramba, desde que llegó la nueva, no hay quien hable contigo —me espetó Lucía cuando volvió con la pierna ya sin el yeso.

No le había parecido muy bien que Ana ocupase el pupitre de mi lado, y que no nos separásemos ni dentro ni fuera de clase.

—¡Qué rizos tan bonitos tienes, da gusto verlos! —le dijo mi madre la primera vez que vino a casa. Sin poder evitarlo, miraba para mi cabello corto, siempre despeinado, y se le quedaba una cierta tristeza en los ojos.

—No tiene mucho mérito, es cosa de la genética, es igualito al de mi madre —lo dijo y me guiñó un ojo, arqueando la ceja. Ahora, la izquierda. No podía dejar de mirarla.

Inconscientemente, mi madre llevó su mano a su cabello lacio, y cambió de tema.

—A ver, ¿qué queréis merendar? ¿Fruta o yogur?

—¿Podemos subir al desván, mamá? Así le puedo enseñar a Ana las cosas del abuelo, del barco. La pobre, como es de interior sólo ve el mar en postales y se piensa que las sardinas crecen en las latas de conserva…

Ana me dio un manotazo en la espalda.

—Oye, idiota, no te pases que yo voy a veranear todos los años a Canarias con mis padres.

—Ay, sí, en Canarias hay unas sardinas buenísimas, lo sabe todo el mundo. Tanto leer y ganar premios literarios para decir esas chorradas…

—Subid, anda, subid, que me tenéis la cabeza loca con tanta fiesta. Eso sí, si le desordenáis las cosas al abuelo, lo aguantáis vosotras. Está últimamente con unas manías…

Casi nunca había llevado a nadie a casa. Lucía había venido cuando lo del traje de la comunión, pero poco más. Siempre prefería andar con el abuelo en los bares del muelle que con mis compañeras de la escuela, con las que cada vez tenía menos en común. Y desde que algunas sólo hablaban de ropa y de chicos, aún menos.

Compartir con Ana el desván de mi casa era llegar a un nivel de intimidad desconocido para mí, pero excitante, divertido. Yo que siempre andaba o entre adultos, o a lo mío, con mis cómics y mis lápices.

En el desván teníamos que agacharnos, si no chocábamos con la cabeza en el tejado. Una paloma o no sé qué pájaro se posó en las tejas que estaban sobre nuestras cabezas, con un ruido que hizo que Ana se llevase un susto tremendo y se abrazó a mí, de un salto.

Tenerla tan próxima, cuerpo con cuerpo, me provocó una sensación de euforia, nerviosismo, ansiedad… tantas cosas juntas que no me cabían en la piel. Un escalofrío me recorrió el cuerpo de arriba abajo y tuve el deseo de besarla en los labios, que me estaban llamando con una fuerza que me resultaba completamente desconocida; pero algo me paralizó y, a punto de rozar su boca con la mía, le dije, en un hilo de voz, para aparentar normalidad:

—Eres una miedica.

—No disimules, que tú también estás temblando. ¡Te has llevado aún más susto que yo! Mira qué cara se te ha quedado, ni que hubieras visto una fantasma…

Asustar, claro que me había asustado, pero no por lo que ella pensaba. La reacción de mi propio cuerpo me había dejado en estado de *shock*; por mí hubiera estado la tarde entera, la semana entera, la vida entera en el desván sintiendo la respiración de Ana a mi lado. De pronto, escuché a mi madre gritar en la cocina:

—¿Estáis sordas o qué? Llevo media hora llamándoos. Ana, ha llamado tu madre por teléfono, que vayas rápido a casa, que no sé qué visita ha llegado, alguien de la familia de tu padre, creo.

—Bueno, nos vemos mañana. —Me dio un beso en la mejilla, aún colorada por el momento en el desván, que cambió a un rojizo vivo con el contacto de sus labios.

Mi madre me miró, de esa manera de ver que tienen las madres que te escudriñan por dentro para leerte los pensamientos:

—¡Qué suerte que haya venido Ana a la escuela!, ¿verdad, hija? Da gusto ver lo bien que os lleváis. Es tan buena niña, tan simpática y tan linda… Nunca habías hecho tan buenas migas con nadie.

No sé si la conversación llevaba alguna intención oculta, pero lo cierto es que me estaba incomodando bastante.

—Sí, mamá. Esto… ¿Dónde anda el abuelo?

—Pues debe de estar en la Moncloa, arreglando el país y, tal como está, anda que no le va a llevar tiempo ni nada. Vete a buscarlo, que si no, no cenamos ni a las once y hoy trabajo en el turno de noche.

Efectivamente, estaba en el muelle, con los amigos.

—Abuelo, dice mamá que vengas para casa, que hoy cenamos temprano.

—¿Es su nieto? ¡Mire qué grande está! —le dijo uno de ellos.

Había un nuevo tertuliano, que yo no conocía. El abuelo se echó a reír:

—Pues siempre quise tener un nieto, Rafael, pero estoy encantado con mi nieta. Y sí, está bien alimentada, que come como una lima. Tienes razón, nena, que tu madre hoy trabaja de noche y me dijo que volviese temprano, no sé dónde tengo la cabeza.

—Pues en la China, Ramón, o en la *internete* esa en la que andas todas las mañanas en la biblioteca.

—Lo que tenéis es envidia, que vosotros sois unas antiguallas, carcamales, unos vejestorios aburridos, es lo que sois. Por cierto, niña, hay que poner Internet en casa, que la de la biblioteca va más lenta que una tortuga. Lo que me queda de vida, no pienso derrocharla esperando a que me carguen las páginas para navegar. ¡Qué curioso! Toda la vida navegando en el mar y ahora, medio cojo y retirado, sigo navegando, eso sí, calentito y sin mojarme los pies. Así da gusto…

Era difícil no acabar soltando una carcajada cuando él se lo proponía.

11 SEGUNDOS
Las pesadillas

Durante toda la semana siguiente, no me pude quitar la escena del desván de la cabeza, ni del cuerpo. Por la noche en la cama, antes de dormir, rememoraba el momento mil veces y le daba más y más vueltas. Mientras dormía, la escena se repetía de nuevo, pero en mis sueños siempre me atrevía a besar a Ana. Yo no sabía qué era besar a nadie de esa manera y no podía compararlo con ninguna otra experiencia, pero lo cierto es que las sensaciones parecían completamente reales.

Un día los sueños cambiaron de rumbo y después del beso, que era la parte en la que a mí me gustaba recrearme, ella me daba una bofetada y se marchaba corriendo. "Se lo voy a decir a todo el mundo. ¡Eres un monstruo!", gritaba y juraba que nunca más me volvería a dirigir la palabra.

El sueño era tan real que me despertaba por la mañana y la pesadilla seguía. Mi madre me miraba y acusaba:

—¡Ya lo sabía yo, se lo voy a decir a tu padre! ¡No va a querer saber nada de ti! ¡Estás enferma!

El abuelo tecleaba en el ordenador, a lo suyo, ni siquiera me miraba. Lo peor de todo, al llegar a la escuela, eran las risas de los demás. Al entrar en el patio todos me miraban y me señalaban con el dedo. Los del equipo de fútbol, con el capitán a la cabeza, estallaban en carcajadas a mi paso. Había caras que conocía y otras que no era capaz de identificar, aparecían deformadas y se movían a cámara lenta:

—¿A dónde piensa que va esa marimacho? ¡Bollera! Te crees que eres un chico y lo que eres es una desviada.

Me despertaba con las sábanas empapadas en sudor y un nudo en la garganta. Pasaba el día entero de mal humor y con ganas de llorar por todo y por nada.

—Mira que estás rara, Xela... No sé qué te pasa, pero últimamente no hay quien te aguante —me decía mi madre.

No le faltaba razón, saltaba a la mínima y todo me parecía mal. No saber qué me pasaba me resultaba irritante y tenía todo el día los nervios de punta. Por las noches, las pesadillas me acosaban tan pronto cerraba los ojos, y cada vez eran más extrañas. Soñaba que me crecía el cabello hasta los pies, y que se me enredaba en el cuello y me ahogaba; otras veces que me miraba en el espejo y no reconocía la cara que veía, deforme. También soñaba que llegaba a la escuela y me daba cuenta de que se me había olvidado vestirme y que estaba en cueros delante de todo el mundo. El colegio entero se desternillaba de risa y todos me señalaban con el dedo. Ana, la primera. Ya no estaba la parte bonita, la del beso, sólo la de la burla y el rechazo. Me despertaba con un cansancio tal, que no podía ni levantarme de lo que me dolían la cabeza y el pecho. No me atrevía a salir de casa, me faltaba el aire al abrir la puerta, pero dentro tampoco estaba bien. Me aterraba meterme en la cama por miedo a las pesadillas, que me parecían más reales que la vida misma.

—¿Qué te pasa, cariño? Has estado gritando toda la noche.

Mamá se acercó a la cama y vio que estaba sudando de forma exagerada. Mi cara lo debía de decir todo.

—¿Te ha pasado algo, mi vida? Dime si hay algo que te preocupa. ¿Son los exámenes?

Yo no sabía qué decirle porque, realmente, no tenía nada claro qué me pasaba.

—Sí, mamá, son los exámenes. El curso está siendo muy difícil de llevar. —Era la única excusa que se me ocurría.

—Pues no te preocupes, que todo va a ir muy bien. Es normal, este año es complicado, ya nos lo habían advertido en la escuela. Y el curso que viene, al instituto. Cómo pasa el tiempo, Dios mío, y en menos de nada, ¡otra mujer en casa!

No entendí muy bien qué quería decir, sólo me apetecía sentarme en el regazo del abuelo y escuchar sus historias sobre el mar.

12 SEGUNDOS
Fin de curso

Estábamos a final de curso y tenía mucho que estudiar. Para el año siguiente, iría ya al instituto. Todo estaba cambiando a mi alrededor a una velocidad de vértigo y mis compañeras de clase estaban cada vez más tontitas con el tema de los chicos, y viceversa.

—No lo entiendo, Lucía era una niña simpática y lista, y ahora no hay quien le hable, todo el día detrás del idiota de Ángel, como si no hubiera nada más en el mundo que él. Siempre fue un poco presumida, pero lo de ahora es increíble —refunfuñaba cada vez que me cruzaba con ella.

—Déjala, Xela, ¿qué más te da? ¿No dices siempre que tú haces lo que te da la gana? Pues ella, igual. Si le va bien así, déjala estar. —Ana intentaba ponerle sentido común a la situación.

—Ya, pero me da rabia verla babear cuando pasa a su lado. La muy tonta no se entera de que él ni la mira, ¡no sé por qué se rebaja de esa manera! ¡Vaya! Hablando del rey de Roma...

Desde el incidente del fútbol, Ángel y yo no nos podíamos ni ver, pero hacia el final del curso, como por arte de magia, nos lo encontrábamos en cada esquina. En la escuela, aparecía siempre detrás de Ana y de mí y en la calle, igual. Si íbamos al dique, siempre acababa pasando por allí, haciéndose el encontradizo. Esa sí era una pesadilla de verdad. Un día, estábamos comprando unos caramelos en el quiosco del puerto y se nos apareció de nuevo, como salido de la nada.

—Hola, chicas guapas, os invito yo —dijo guiñándonos un ojo y con una sonrisa tan estúpida que me sacaba de mis casillas tan sólo verlo aparecer.

Lo que me faltaba. ¡Sólo le faltaba pedirme salir! De pensarlo me daban escalofríos, me ponía del hígado su cara de bobo. Tanto insultarme, tanto llamarme chicazo y marimacho y ahora no hacía más que andar detrás de mí, en plan encantador y simpático. ¡Lo que me faltaba!

—De eso nada, que ya llevamos dinero. Anda y vete a entrenar, que ya me contaron que los Maristas os dieron una paliza el sábado que os dejaron temblando…

Ana me miró con un gesto de reprobación:

—No seas mala, mujer. Gracias, Ángel, pero ya hemos pagado. Eres muy amable, de todos modos.

¡Casi me muero al ver la cara de embobado que se le quedó al mirar a Ana! Cuando me di la vuelta, el muy idiota le dio, disimulando malamente, un papel plegado. ¿Cómo no me había enterado antes? Era de todo menos casual que nos lo encontráramos por todas partes. Y, obviamente, no era yo quien le interesaba; sólo se hacía el amable conmigo por ella.

—Ese estúpido está colado por ti, Ana, no le sigas la corriente o no nos lo quitamos de encima en la vida. Escribiendo notitas… ¡vaya idiota! Hasta me extraña que sepa escribir, si no tiene en la cabeza más que el balón de fútbol.

Sentí tanta rabia que tenía ganas de ponerme a gritar en la calle, de dar patadas a las paredes, de romper la ropa a jirones. Desde el día del vestido de la primera comunión no había sentido una cólera tan profunda dentro de mí.

—Pobre, él sólo intenta ser amable, déjalo estar, ya le he dicho que no tengo el más mínimo interés en él.

No daba crédito a lo que estaba oyendo, ya habían hablado a mis espaldas, ¡a saber de qué y cuántas veces!

—¿Y cuándo pensabas decírmelo? —me salió una voz ronca, llena de ira, que no parecía la mía.

—Pues con lo enfadada que andas últimamente y lo mal que te cae, te lo iba a comentar cuando te calmaras un poco. En todo caso, tampoco veo que tenga que pedirte permiso para hablar o dejar de hablar con nadie. Y, ya que estamos, me podrías contar qué demonios te pasa, Xela, parece que no nos conocemos de nada.

Salí corriendo y dejé a Ana con la palabra en la boca. Me metí en la cama sin cenar ni nada con la intención de no salir más de allí, aunque tuviera que soportar todas las pesadillas del mundo. Del disgusto, me empezó a doler la barriga, o eso pensé, y me dormí un rato. Me desperté en medio de la noche con ganas de hacer pis y cuando fui al baño y vi la mancha de sangre en el pijama, al principio no supe qué pensar, estaba aún en medio del sueño. Cuando me desperté del todo, me di cuenta de que me había venido la regla. Era lo que me faltaba para completar el día. Sabía que iba a llegar de un momento a otro, a todas mis compañeras ya les había ocurrido pero, no sé por qué, tenía la esperanza de que a mí nunca me sucediese.

Al día siguiente no fui a la escuela, ni tampoco al otro. Dejé de comer y no tenía ganas de hablar con nadie. Me daba todo igual, sólo quería desaparecer del mundo. Después de casi una semana sin apenas levantarme de la cama, mi madre entró en el cuarto, y me dijo con voz muy grave:

—Al abuelo le han detectado una enfermedad muy extraña, Xela, y la cosa no pinta nada bien.

Sus palabras me golpearon en el pecho y me levanté de un salto.

Me explicó que le habían descubierto un tumor en la cabeza, muy raro, con el que por lo visto llevaba ya tiempo, pero que ahora empezaba a crecer sin parar.

—¿No se puede operar?

—Las posibilidades de que la operación salga mal son altísimas, dice que no quiere correr el riesgo de quedarse en la cama lo que le queda de vida, ya sabes cómo es.

—¿Dónde está ahora? —pregunté, con angustia.

—Lo han ingresado en el hospital, le están haciendo unas cuantas pruebas. No te hemos dicho nada estos días porque estabas tan mal que no queríamos disgustarte más, pero ahora tienes que saberlo, y ser fuerte. Yo te necesito a mi lado, sé que aún eres muy joven, pero tenemos que estar los tres juntos, más unidos que nunca.

Me cogió en el regazo, como si fuera un bebé, y lloré con ella un tiempo que no sabría decir si fueron dos minutos o dos horas. Cuando agotamos las lágrimas, mamá dijo:

—Hala, ya está, ya hemos llorado todo lo que había que llorar. Dúchate y vete a la escuela, que tienes mucho que estudiar, yo me voy a la fábrica. Por la tarde, vamos a visitar el abuelo y ya sabes cómo es, nada de dramas.

Mi vida dio un giro total y, de no querer levantarme de la cama, pasé a desplegar de golpe toda la energía que tenía habitualmente.

—Lo siento mucho, Ana, es que no sé qué me pasa últimamente, por supuesto que puedes andar con quien te dé la gana, incluso con el pasmado ese. ¿Me perdonas?

—Claro que sí. Mira, no me interesa Ángel ni nadie, la verdad. Cuando me guste alguien, serás la primera en saberlo, ¿vale? Y lo que ya dije, puedes contarme cualquier cosa que te pase.

Me dio un abrazo y un beso en la mejilla que me reconfortó. Le conté lo de mi abuelo. Lo de la menstruación y las pesadillas, no. Lo que sentía cuando estaba cerca de ella, aún menos. Después, me acompañó al hospital.

—¡Vaya, qué suerte! Un viejo como yo visitado por tanta juventud. Si lo sé, le digo al médico que me ingrese antes —Nos guiñó un ojo mirando para la enfermera, que estaba dándole la medicación.

—Ay, señor Ramón, así da gusto, no perder nunca el humor.

—Yo, señorita, con la edad lo único que perdí fue la vergüenza y un poco de memoria. De humor y de energía, como cuando joven.

—Diga que sí, mañana ya seguimos con la clase de chino.

El abuelo estaba pálido, con la barba sin afeitar. Sin su gorra, parecía otra persona en la cama del hospital, por mucho que intentara disimularlo.

—Jóvenes, id a estudiar, que ya debéis de andar con los exámenes finales, ¿no? Yo aquí, como veis, estoy muy bien acompañado. Mi hija debe de estar a punto de llegar, quiso cambiar el turno, pero no le dejó el explotador ese que tiene de jefe. Por lo visto despidió a no sé cuántas mujeres que hicieron huelga por la bajada de los salarios. Con la excusa de la crisis hay quien se está haciendo de oro… Siempre fue así.

Después de la parrafada, el abuelo cerró los ojos y arrugó la frente, con un gesto de dolor.

—Descanse, señor Ramón, tanta indignación no es buena para la salud.

—Ni tanta injusticia, chica, ni tanta injusticia. Y sí, voy a dormir que me está doliendo la cabeza, fue de mentar al impresentable ese.

Le dimos un beso y nos fuimos. Efectivamente, teníamos mucho que estudiar.

Con los exámenes y la preocupación por el abuelo, las pesadillas se hicieron menos frecuentes, pero no llegaron a desaparecer, pasaron a formar parte de mi vida cotidiana. Soñaba que aparecía un día en clase en cueros, sin ser consciente de que había salido de casa sin ropa. También soñaba que me venía la regla y chorreaba como una fuente en el patio de la escuela e iba dejando una estela roja a mi paso. También llegué a soñar un día que un pecho, sólo uno, crecía de forma descomunal y no había manera de esconderlo. Al final, era siempre lo mismo, yo me iba corriendo para casa mientras toda la escuela, en especial Ana y Ángel, que siempre estaban juntos en mis pesadillas, se burlaban de mí. Cuando me despertaba, hacía dibujos, o borradores más bien, recreando las escenas. ¡Eran tan absurdas y surrealistas! Al dibujarlas, daba forma a esos miedos y, de algún modo, me resultaba más fácil reírme de ellos.

Ese curso, Ana sacó todo sobresalientes menos dos notables. Yo tres notables y el resto bienes y aprobados. Era menos de lo que solía pero, habida cuenta de lo complicado que estaba siendo el año, no podía quejarme.

En la escuela organizaron una fiesta de fin de curso para despedirnos a los mayores, que marchábamos al instituto. Ángel y sus colegas del equipo hicieron una demostración de pases de fútbol y, cuando a él le tocó la actuación estelar, miró fijamente a Ana con cara de bobo enamorado. Tuve que cerrar los ojos y apretar las manos para que no se notara lo mal que me estaba sentando ese gesto. Ana hizo como que se ataba los cordones de los zapatos, y que no se enteraba de lo que estaba pasando. Ni ella ni yo comentamos nada al respecto.

Ana leyó una redacción, preciosa, sobre la escuela y el pueblo, y acerca de toda la gente maravillosa que la había hecho ser feliz y sentirse acogida cómo una más. Ángel y yo nos miramos sin pronunciar palabra. Mari Carmen también vino a despedirse. Estaba hablando con la directora y reían las dos a carcajadas. Cuando me vieron, se acercaron.

—Te vamos a echar de menos, Xela. A ver a quién le limpio yo los mocos ahora que te vas.

—Pero si voy al instituto del centro, profe, nos vamos a seguir viendo por el muelle, los domingos, y en la plaza los sábados. Lleve siempre un pañuelo consigo, nunca se sabe cuándo me voy a constipar. —Nos reímos con ganas las tres.

—Mira que eres ocurrente. —Y me regaló un libro con unos dibujos hermosísimos, que aún guardo, *Trazo de tiza*, con una dedicatoria: «Sigue dibujando, soñando, viviendo y, sobre todo, siendo quien eres. Aquí estoy para lo que necesites». Me entraron ganas de llorar. No sabía si de tristeza o de vértigo y pena. Estaba, de alguna manera, cerrando una puerta, una etapa de la vida y entrando en otra, incierta. Como si me estuviera leyendo el pensamiento, me dijo en voz baja:

—¿A quién no le asustan los cambios, aunque sean para mejor? No tengas miedo.

13 SEGUNDOS
El sujetador

—Este año no vamos a ir a Canarias, papá dice que con la crisis mejor guardar el dinero por lo que pueda suceder. Voy a pasar el verano entero en la aldea de mis abuelos. —Ana me soltó la bomba como si tal cosa, sin darle mayor importancia. A mí, la noticia de pasar dos meses enteros sin ella me parecía una auténtica tortura. Debió de intuirlo y añadió:

—Te voy a echar mucho de menos, Xela. —Me dio la mano y me miró a los ojos, levantando la ceja de aquella manera tan especial—. Menos mal que en la aldea han instalado Internet este invierno, al menos podré tener contacto con el mundo y contigo. Así me vas contando cómo va todo por aquí, ¿vale? Tu abuelo, todo…

—Yo también te voy a extrañar una barbaridad —dije con un hilo de voz—. Ya sabes que escribir no es lo mío.

—Pues si no te salen las palabras, como siempre te quejas, también puedes dibujar. ¿No quieres hacer el Bachillerato de Artes? Pues así vas practicando, me encantan tus dibujos, ya lo sabes.

—De aquí al Bachillerato, quién sabe lo que puede pasar… pero sí, me parece bien. Mientras el abuelo anda con sus papelajos, yo dibujo. No te lo pierdas, desde lo de la enfermedad le ha dado por la papiroflexia, tiene la casa llena de barcos, aviones y pajaritas de papel. Me olvidaba, tengo que comprarle más folios.

Fuimos a la papelería del centro y aproveché para comprarle a Ana un cuaderno muy bonito, de tapas azules, con una gomita para cerrarlo.

—Por si no llega bien la cobertura, o si prefieres escribirme a mano, que tú eres un poco *friki* para estas cosas.

Ella me regaló también un cuaderno de bocetos y unos lápices de carboncillo.

—Puedes madármelos por e-mail. ¿No había comprado tu abuelo un escáner último modelo? El mío, si un día acierta a encender la tele con el mando a la primera, ya es toda una hazaña.

Nos reímos con ganas y nos dimos un abrazo muy largo que yo hubiera querido que no se acabara nunca. Guardé el olor de su pelo y de su perfume para que me acompañase durante su ausencia.

Ese fue para mí el verano del abuelo. Su verano, no, el nuestro. Siempre tuvimos muy buena relación, una conexión muy especial, pero en ese tiempo de la enfermedad, de la que se recuperó, parecía, milagrosamente, nuestro vínculo se hizo si cabe más intenso… Yo sentí la falta de Ana casi como un dolor físico que me acompañaba cada día, pero esa ausencia también me sirvió para estar más conmigo, para conocerme más a fondo. Fue un verano duro, difícil, en el que me tuve que enfrentar a muchas cosas, del mundo y de mí. El cuerpo me estaba cambiando día a día, o esa era la sensación que me daba. Y no me gustaba nada la imagen que el espejo me devolvía cada mañana, por eso me peinaba casi sin mirarme.

—¿Por qué vas tan encorvada? Pon la espalda derecha, caramba, que parece que vas a tocar con la nariz en las rodillas. ¿Estás practicando el saludo chino ese como el abuelo?
—No es chino, es japonés, mamá. Y no tengo joroba, tranquila. Mira. —Y erguí la espalda. A pesar de llevar una camiseta dos tallas más de la que me correspondía, mi madre hizo una apreciación que evidenció mi realidad:
—Nena, te están creciendo ya los pechos, en esta familia no somos de mucha teta, pero quizá habría que ir comprando un sujetador, ¿qué te parece? ¿Vamos donde Rosita? Los tiene monísimos…
Me dio tanta vergüenza que murmuré una excusa cualquiera y me escapé corriendo de casa. Lo cierto es que se empezaba a notar ya cómo los pechos me abultaban en la delantera, por mucho que doblara la espalda o por mucha camiseta floja que llevara. A la tienda de Rosita no iba a ir ni de broma, ya me imaginaba la conversación, los chismes con los que le iría a mi madre después. Evité el tema cuanto pude y dormía todas las noches boca abajo encima de un libro enorme de tapas duras del abuelo, por ver si así dejaban de crecerme. No sé si el método fue o no efectivo, pero por la mañana me dolían los pezones y la espalda.
—Xela, me alegro de que ahora te haya dado por leer algo más que tebeos, pero no te duermas con el libraco ese, que se te puede clavar en las costillas —me regañaba mi madre cuando entraba en mi habitación por las mañanas.
—¡Mamá! Es mi cuarto, podías llamar antes de entrar, ¿no? A ver si no tengo derecho a la intimidad…
—A ver si os vais a dar una vuelta el abuelo y tú y os da el aire, que me tenéis la cabeza loca. Intimidad, dice, la mocosa… —E iba hablando sola por la casa.

No era mala idea. Aprovechando que el abuelo estaba bastante bien ese día, tomamos el autobús y nos fuimos a la ciudad de compras. Cerca del pueblo habían abierto un centro comercial pequeño, pero no me gustaba nada ir. Estaban siempre todos los compañeros de la escuela, y también un grupo de los mayores del instituto metidos allí todo el día, mirando a las chicas que pasaban, poniéndoles nota a las distintas partes del cuerpo, como en un concurso de ganado: «María tiene un seis de cara, pero de cuerpo un ocho, mínimo. De culo, ¡un nueve con cinco!». A mí me daba mucho asco y mucha rabia y no quería ni siquiera acercarme. Era mejor ir a la ciudad, para no encontrarnos con nadie conocido.

—Deberías cambiar un poco la ropa, nena, este curso próximo, en el instituto, ya no tienes que llevar el uniforme y no vas a ir en chándal todos los días.

El abuelo tenía razón. Mi vestuario, fuera de los uniformes de la escuela, era todo chándales y sudaderas deportivas. Todo en azul marino, gris o negro.

—Aprovechando las rebajas, nos vamos tú y yo a quemar la cartilla, mira, para algo está el dinero. Además, en el centro han abierto una tienda de informática nueva que por lo visto tiene de todo, no sé si no habrá que comprar un ordenador nuevo, el nuestro está ya muy desfasado y eso que tiene sólo un par de años. ¡Qué mundo este! Antes comprabas algo y te duraba toda la vida… Toma dinero, nena, no sé muy bien lo que te he dado, con lo de los euros aún me lío, qué desastre de cabeza la mía…

Me dejó en la calle de las tiendas y acordamos vernos en dos horas en el bar del Museo.

—Venga, date prisa, que hoy va a hacer mucho calor

y no quiero volver a mediodía en esa lata de autobús, que parece una parrilla cuando le pega el sol.

Empecé la ruta por la tienda de deportes del inicio de la calle, a la que iba siempre con mi madre a comprar los chándales cuando teníamos que venir a la ciudad al médico, o a alguna otra gestión, y cogí dos sujetadores deportivos.

—¿Qué talla quieres? —me sorprendió la voz de la vendedora por la espalda.

—Eh, nada, sólo estoy mirando —me dio vergüenza y no supe reaccionar.

—Pues, debes de llevar una ochenta y cinco B, o igual algo menos. Si necesitas alguna cosa, me dices, ¿vale? —me miró directamente al pecho e hizo ademán de querer tocarme a lo que me dieron ganas de agarrarle la mano y apretársela fuerte. ¿Qué se creía la tipa esa? Me aguanté el impulso pero mi cara lo decía todo. Hice una señal con la cabeza y, cuando no miraba, llevé varios para el probador. Escogí el que más me aplastaba el pecho. Me lastimaba un poco, porque tenía los pezones muy sensibles, y más desde que dormía con el libro. Con cualquier roce, veía las estrellas.

Me miré de frente, de perfil. Puse la camiseta y sí, me disimulaba bastante bien. Cogí varias piezas de ropa y metí el sujetador en medio. Cuando fui a comprar la ropa para mi nueva vida sin uniforme, entré en la tienda más grande que había, donde compraban todos mis compañeros, una cadena nueva que tenía lo último en moda. La música estaba altísima, era un poco estresante comprar allí, pero aproveché que la tienda estaba casi vacía. Al ir mirando los tops, las faldas, los *leggings*... no encontré nada que me gustara y, disimuladamente, mirando para atrás para no encontrarme con nadie conocido, me fui a la sección de chico.

—¿Qué buscas? ¿Necesitas ayuda?

Me llevé un susto de muerte con la voz del dependiente, un chico joven con el pelo teñido de amarillo limón. Me asusté como cuando hacía algo que consideraba "malo" a escondidas de mi madre y ella me pillaba en el momento exacto, in fraganti.

—Muchas gracias, sólo estoy echando un ojo —dije poniendo la voz más grave que pude.

—¿Para ti? —Supongo que sería por la voz rara que me salió o al fijarse bien en el cuerpo, que puso una cara extrañada.

—Sí —contesté yo medio tartamudeando, pero aparentando –más bien intentando aparentar– seguridad.

—Pues a la derecha tienes los pantalones al 50% de descuento. ¡Suerte, chaval! —me dijo y me dio un manotazo en el hombro, en plan colega.

Siempre me había burlado de los chicos que se saludan a golpes pero en esa ocasión el gesto me provocó una sensación de felicidad indescriptible. En el pueblo me habían pasado cosas parecidas; a veces alguien que no me conocía me trataba de chico, pero siempre tenía que venir algún idiota a decir: "Es la nieta de Ramón". En la ciudad no me conocía nadie, y me entró una sensación de libertad por los poros que no había experimentado hasta el momento. Lo más parecido, cuando me corté el pelo cortito por primera vez; ahora ya lo llevaba algo más largo, por imposición de mi madre. Me entró un afán consumista, de la euforia, y me llevé tres vaqueros, dos camisas y un jersey al probador de hombres, tan feliz. Tuve miedo de encontrarme con alguien conocido, pero debía de estar todo el mundo en la playa, con el calorazo que hacía. Todo me sentaba genial y me compré más de la mitad de lo que había probado.

Cuando me encontré con el abuelo, se puso muy contento:

—Vaya, pues sí que llevas muchas cosas esta vez, así me gusta, aprovechando bien el dinero. Yo también compré un ordenador nuevo para casa, a ti te va a venir bien para el instituto, nos lo envían en un par de días. Y, ya que andamos por aquí, voy a cortarme el pelo en la peluquería de un amigo mío, que hace mucho que no sé nada de él.

Cuando llegamos, el abuelo y el peluquero se saludaron con un efusivo abrazo.

—¡Cuánto tiempo, Ramón! ¿Cómo vas?

—Ahí andamos, que ya es mucho. De momento, con los pies. Y mientras así sea, quiero estar presentable. Ya sabes, me lo dejas bien cortito, que con este calor no paro de sudar.

—Muy bien, y al chico, ¿también le cortamos? Andan ahora estos jóvenes con unos peinados raros que no sé yo, corto de los lados, largo de arriba, a mí no me gusta nada, pero yo, lo que me digáis.

—Haz lo que te pida, José, que va ya para trece años. Tiene edad para saber bien lo que quiere. A esa edad, nos fuimos tú y yo a navegar, manda narices, mira que ha cambiado el mundo…

Me guiñó un ojo y ahí nos quedamos tranquilamente, en aquellas sillas tan cómodas mientras oíamos las tijeras y la navaja trabajando.

—El chaval tiene los mismos remolinos que tú, Ramón —Se despidió del abuelo con otro abrazo y a mi me estrechó la mano.

En el autobús de vuelta, hicimos todo el trayecto sin hablar, el abuelo echó una siestecilla con ronquido incluido.

Cuando llegamos a la casa, me dijo muy serio:

—Si tu madre te regaña por el corte de pelo, le dices que ha sido cosa mía.

Como mamá tenía que doblar turno en la fábrica, no llegó hasta bien tarde y ya estábamos el abuelo y yo en la cama. Esa noche no tuve pesadillas, sólo un sueño muy agradable en el que volaba sobre el mar, como las gaviotas, y sentía el fresco del aire en la nuca. Esa sensación de libertad era, sin lugar a dudas, la felicidad.

14 SEGUNDOS
Lo que no se dice, no existe

—Ay, cielo, cómo te han dejado, vaya pinta! ¿Quién te ha cortado el pelo así? Quedamos en que lo llevabas por encima de los hombros pero no corto del todo…

—Eso de "quedamos", mamá… Ese verbo en plural es muy dudoso —empecé a protestar cuando me cortó el abuelo apresuradamente.

—Hemos ido a la peluquería de José que, por cierto, me manda muchos besos para ti. Desde que hay estas peluquerías modernas que se hacen pasar por antiguas, los peluqueros de toda la vida no se comen un rosco.

—Pues te ha dejado tal cual como un chico, nena, y con la ropa que has comprado, no te quiero ni contar. Xela, vas a empezar el instituto y deberías empezar a vestirte de otro modo, que vas a cumplir trece años. No digo que vayas con faldas todos los días, pero, a ver, hay ropa monísima en el centro comercial nuevo. Ayer mismo vi a Lucía que iba guapísima, con una camiseta de tirantes y una faldita de flores divina.

Ya sabía yo por dónde iba la conversación y, en circunstancias normales, dejaría correr la cosa, pero aún me duraba la euforia del día anterior, en el que me había sentido más yo que nunca.

—Mamá, sabes que no soy como Lucía, ni como Ana, ni como ninguna de las chicas que van conmigo a la escuela. De hecho, ni siquiera me siento chica, ni nunca me he sentido como tal.

Al segundo de decirlo, ya me arrepentí, sabía que acababa de abrir la caja de los truenos y que iba a ser ya muy difícil cerrarla.

—¿Qué tonterías estás diciendo, Xela?

—Pues lo que oyes, Adela. Y no me digas que te pilla de sorpresa, que soy tu padre y te conozco bien. No nos hagamos los tontos, caramba.

El abuelo me acarició la nuca y se hizo un silencio muy incómodo. Mamá no fue capaz de mirarme a la cara y se fue directa a su cuarto, dando un portazo a voz en grito, farfullando sin sentido. Lo único que conseguí entenderle fueron cosas del estilo: "De eso nada… ni loca… no lo voy a permitir", hablando con una figura imaginaria a la que le levantaba el dedo airadamente. Pensé que se había vuelto loca, pero luego se quedó en silencio de nuevo y empezó a sollozar.

—Ya se le pasará, vamos a dar un paseo antes de que lleguen todos los turistas e inunden el puerto, que hace días que no se puede ni andar.

Caminamos en silencio un buen rato, la cabeza me daba vueltas y el estómago más vueltas todavía. El abuelo se paró en medio de la calle y me dijo:

—Suéltalo ya, habla todo lo que quieras, guardar las cosas dentro no sirve más que para que se pudran. Tu madre ha tenido siempre ese problema y no hay manera de sacarla de ahí. Si fuera capaz de vomitar todo lo que lleva dentro, todos sus miedos, sus frustraciones, su rabia, sería mucho más feliz. Bastante nos hemos callado ya en esta familia y, para el tiempo que me queda, no quiero ni una mentira ni un silencio de más en casa. Lo que no decimos es como si no existiera. Habla, siempre.

Y hablé. Las palabras salían a toda velocidad, atropelladas, empecé a ponerles nombre a todos mis recuerdos, a mis miedos, a mis dudas... Dije cosas que ni sabía que sentía, porque siempre había huido de ellas. Me vinieron tantas ideas a la cabeza y al pecho, que no sabía ni cómo expresarlas ni digerirlas ni asumirlas. Dije todo lo que no había dicho en toda mi vida, de Ana, del miedo que tenía a su rechazo, al de mamá, de la escuela, de todo el mundo...

—Siempre va a haber quien no nos quiera, quien no nos acepte, pero no tenemos que vivir para esa gente, tenemos que vivir para nosotros. Lo único que importa es que sepas quién eres y qué quieres y que lo defiendas a muerte. A mí me da igual tener un nieto o una nieta, llamarte de una forma o de otra. Yo lo que quiero es saber que eres una buena persona y que eres feliz, que eres capaz de luchar por ser tú. Cuando estuve en el servicio militar en Cáceres, hice un amigo de Almería, José Antonio. Él se vestía desde niño con ropa de mujer a escondidas, me lo contó un día que bebimos más de cuatro vinos cada uno. En el cuartel todo el mundo se reía de él, llamándole de todo, "maricona", lo más suave. Le golpeaban por las noches y le hacían unas cosas que ni soy capaz de decirte, de la vergüenza ajena que me da sólo recordarlo. Lo metieron en la cárcel varias veces, entonces eran delito muchas cosas. Ser diferente, uno de los peores. En aquella época yo era bastante tonto y me callaba al ver lo que le hacían. Nunca me burlé de él, pero tampoco salí en su defensa y el remordimiento de no haber hecho nada para ayudarlo me ha acompañado toda la vida. Pasé años sin saber nada de él y lo localicé gracias a un grupo de Facebook que hicieron los colegas de la época. Ahora vive en Barcelona. Retomamos el contacto y hablamos casi todas las semanas, a veces por Skype. La primera vez que lo vi, que la vi, me quedé en blanco. Pero al hablar durante un rato, me di cuenta de que era la misma persona a quien tanto había apreciado, sólo que con un nuevo DNI y mucho más feliz. Y lo que más me fastidia... parece mucho más joven que yo, manda narices, está guapísima María José. Me contó todo lo que había pasado y lo bien que estaba ahora. Le hablé de ti muchas veces y me pidió que no te cortásemos las alas, que te dejáramos vestir, hacer y, sobre todo, ser… Que llegaría el día en que hablarías de todo lo que te estaba pasando y que teníamos que estar para acompañarte, siempre, en todo. Yo, durante el tiempo que me quede, voy a estar siempre contigo. A tu madre hay que darle tiempo, pero ella lo va a entender también. Ya verás.

Después de hablar tanto rato se quedó en silencio, fatigado y se sentó en un banco. Lo abracé y lloré en su regazo mucho tiempo, sentados en el dique los dos, como cuando yo era muy pequeño. No sé hasta dónde van los recuerdos de las personas, pero los míos empiezan en el regazo del abuelo, agarrándole la nariz y las orejas y tirándole de la gorra. Mamá dice que es imposible, que tenía menos de un año, pero yo estoy seguro de que sí. Respiré hondo el viento del norte fresco que venía del mar y volvimos en silencio, mirándonos cómplices.

Cuando llegamos a casa, mamá estaba podando los rosales con una tijera enorme, toda despeinada, zas, zas, zas, los cortó todos, hasta los que aún tenían flor. Era muy raro verla arreglando el jardín, que siempre parecía una selva. Después de la poda, más bien del destrozo, vino junto a mí.

—No tienes siquiera trece años, aún te falta mucho por crecer y tiempo para decidir. No quiero que te equivoques, no quiero que sufras, pero para lo que necesites voy a estar aquí. Soy tu madre, y eso está por encima de todo, te quiero como seas, y a quien no le guste, que no mire. Yo ya bastante he mirado para otro lado, son horas de cambiar y de arreglar muchas cosas de mi vida, de nuestras vidas.

Nos abrazamos los tres sabiendo que, a partir de ese momento, todo iba a ser distinto y mucho más difícil. Acordamos que al final del verano iríamos al psicólogo para ver si nos orientaba y nos decía qué hacer. Tenía tantas preguntas sin respuesta…

Como por arte de magia, el abuelo mejoró muchísimo, dejó de tener aquellos dolores de cabeza tan fuertes y, aunque olvidaba muchas cosas y a veces se quedaba callado mucho tiempo, parecía el mismo de siempre. Como yo no quería ponerme el traje de baño de siempre, íbamos a la playa con la camiseta los dos, a primera hora, antes de que llegaran los turistas. Me compró un bañador de chico, de esos que llegan casi hasta la rodilla, en la tienda de Lin. No es que me encantase (la ropa de esa tienda me olía siempre como el rastro de petróleo de los barcos en el puerto), pero le agradecí enormemente el detalle.

15 SEGUNDOS
Álex

Ana me enviaba varios e-mails cada día, en los que me contaba todo lo que hacía en su verano en la aldea. Me dijo que había estrenado el cuaderno escribiendo un cuento para un concurso del Ministerio de Cultura. Por lo visto, salíamos el abuelo y yo como protagonistas. Me prometió que, si ganaba el primer premio, nos íbamos los tres a comer una mariscada al Sotavento, su restaurante favorito.

Yo le mandaba bocetos y dibujos, de la playa, del abuelo, de mi nuevo peinado. Como no sabía dibujar bien las caras, aún no controlaba bien la técnica ni las perspectivas, preferí hacerme una foto en el espejo del baño y así mirarla para dibujarme mejor. Escribí mi nombre en un papel con un signo de interrogación, con una flecha que me señalaba, para hacer la broma de si no me conocía con el nuevo *look* e irle adelantando lo que se iba a encontrar a su regreso. Al verme en el espejo, mi nombre reflejado era ALEX y me gustó mucho, mucho verme así. Nunca había caído en la cuenta; qué curioso, me miraba en el espejo y me gustaba lo que veía, por primera vez en mucho tiempo. Me vi a mí mismo con una sonrisa grande y abierta de, por fin, saber quién soy. Había estado siempre ahí mi nombre, era sólo abrir los ojos y ser capaz de leer del otro lado.

Con la foto en el móvil del abuelo, que tenía una pantalla de 5" (yo no tenía móvil por aquel entonces), hice un dibujo que le mandé escaneado, junto con los demás, y le dije que a la vuelta teníamos que hablar de muchas cosas y que quería presentarle a alguien.

Cuando llegó la hora de reencontrarnos, estuve una semana entera nervioso, y las pesadillas aparecieron de nuevo.

—No tienes que decírselo si no quieres —me tranquilizaba mi madre.

Pero yo quería que supiese la verdad y que me viese como soy. En realidad, a ojos vista no había cambiado nada más que el pelo y los pechos, que algo me habían crecido, y algún grano que me había salido en la cara. Yo era el mismo, sólo que ahora estaba empezando a ser capaz de ponerles nombre a las cosas y empezar a asumirlas.

—¡Caray, vaya cambio! Pareces uno del grupo ese de música, ¿cómo se llamaba?, bah, ya me saldrá. ¿Todo bien? ¿Cómo está el abuelo? ¿Igual de moderno? Por cierto, ¿a quién querías presentarme? —subió la ceja izquierda con cara de pícara.

Primero me quedé paralizado por el miedo, no me salían las palabras, pero después cogí ánimo y empecé a hablar y hablar, no sé si hablaba para ella o para mí. Le conté cómo me sentía con los vestidos de la abuela Elena, con las coletas y trenzas que mi madre se había empeñado toda mi infancia en ponerme, con las muñecas que me regalaban y con todas las cosas que se suponía que yo tenía que ser y hacer por el hecho de ser niña a ojos de todo el mundo y que, cuando las hice, fue sólo por contentar a mi madre, o a la abuela, o en la escuela a las profesoras. Le hablé de la incomodidad, de la vergüenza, de la impotencia que me producía un cuerpo que cambiaba hacia algo con lo que yo no me identificaba, de las pesadillas, del miedo a la mirada de los demás, de lo difícil y agotador que resulta ser diferente y no entenderse ni a uno mismo… Callé, cansado ya del ejercicio de vomitar todo –o casi todo– lo que me pesaba desde hacía tanto tiempo y que ni a mí había sido capaz de decirme.

—Vaya —Ana se quedó en silencio durante unos segundos que a mí me parecieron una eternidad—. Me dejas sin palabras, no sé qué decir, Xela… Entonces Álex eres tú. Claro, tu nombre al revés, qué tonta. El mío, si lo pones del revés, se lee exactamente igual. El tuyo se convierte en otro nombre, qué gracia. El mío es un palíndromo, el tuyo no sé cómo se llama.

—No me vengas con palíndromos ni *palabros raros*, Ana, que no estamos en la escuela y dime qué te parece todo lo que te acabo de decir… —La impaciencia me comía por dentro. ¿Y si hacía como en mis pesadillas y salía corriendo a contárselo a todo el mundo?

—A mí no me tiene que parecer nada, es tu vida y, por lo que a mí respecta, voy a seguir siendo tu amiga como hasta ahora. Sólo necesito un poco de tiempo para digerirlo. Caramba, es una bomba, necesito acostumbrarme a la idea de que ahora vas a ser un chico en vez de una chica… ¿es así la cosa? —Le entró una risa tonta, nerviosa—. Perdona, vaya momento para ponerme a reír, son los nervios, no me lo tomes a mal. Yo todo el verano viendo pastar a las vacas, aburrida como una mona, y tú, mira, no te has aburrido nada de nada.

Nos echamos a reír a la vez. Qué bien sentaba llorar también con la risa.

—Es un poco difícil de explicar, Ana —le dije cuando paramos de reír—. A mí también se me hace muy raro y no sé muy bien qué voy a hacer. Lo único, que yo no soy nadie distinto a quien era hace dos meses, o cuando me conociste, sólo que ahora he sido capaz de decir lo que llevaba dentro. Y ya que he empezado, no puedo dar marcha atrás, no sé cómo ni cuándo, pero la decisión está tomada. Aún no lo voy a comentar con nadie, sólo mamá, el abuelo y tú lo sabéis.

Ana me contó que su tío, el hermano de su madre, era gay y que estaba en un colectivo donde había transexuales también:

—Son mujeres, a ver, eran hombres o eso es lo que les dijeron al nacer, pero que ahora son mujeres. Bueno, me lío un poco al decirlo, pero el concepto lo tengo más o menos claro. Lo que no sabía es que al revés también podía ser, no tenía ni idea. Porque tú, entonces, ¿eres un chico trans? —me preguntó con acierto y los ojos muy abiertos.

—Pues supongo que sí, he empezado a leer algo del tema, pero para mí todo esto también es nuevo. Yo sé que tengo nombre de niña y en mi DNI pone sexo «Femenino», pero yo siempre he sabido, quizá de forma inconsciente, quién soy y que siempre me he sentido chico. No sé explicarte nada más, Ana, lo siento. Hay muchas cosas que ni yo comprendo. No sé por qué soy así, ni qué tengo que hacer, sólo sé lo que me gustaría, y es que la gente me tratara igual que como yo me siento, como un chico, pero va a ser imposible, aquí todo el mundo me conoce como "Ánxela, la nieta de Ramón".

—Poco a poco, tienes que estar muy segura de lo que quieres —Ana se calló de golpe y se puso muy seria—. No sé si prefieres que te siga llamando como antes, o cómo puedo hacer, ando un poco despistada, todo esto es extraño para mí...

—Para mí también, no vayas a pensar, tanto tiempo guardando todo para dentro que no sé cómo actuar ahora.

La conversación con Ana me había dejado muy tranquilo. Estaba muy impresionada la pobre y no lo podía disimular, pero lo había tomado bastante mejor de lo que yo esperaba. Decírselo había sido ya todo un avance.

Los últimos días del verano fueron raros para todos, los cuatro hicimos una piña. Como los padres de Ana trabajaban todo el día, estaba casi siempre en nuestra casa. Yo seguía siendo Xela para todos, Xeliña, niña, cariño, mi amor... Pocas veces me llamaban por mi nombre y Ana casi siempre me llamaba, simplemente, Xe, y luego me pedía perdón y me llamaba Álex y le daba la risa y me pedía perdón por reírse. Yo le decía que dejase de pedir perdón y decía que sí, pero lo volvía a hacer. Y nos echábamos unas buenas risas con el tema. Como decía siempre el abuelo, siempre hay que reírse de las cosas más serias.

Ese verano marcó el inicio de mi nueva vida que, aunque fuese tan sólo en un círculo muy reducido, era la gente a quien yo más quería, toda junta, apoyándome y dándome ánimos para seguir en el que, sin lugar a dudas, iba a ser un año difícil repleto de cambios.

16 SEGUNDOS
El instituto

L a llegada al instituto tuvo luces y sombras. Con la crisis económica y el escándalo de las preferentes de los bancos, destinaron al padre de Ana a otra sucursal, en la ciudad, y ella se tuvo que trasladar al centro de secundaria más pijo de la zona, donde va toda la «gente bien» de la ciudad y aledaños. El mío era el instituto del pueblo, al que iban casi todos los compañeros de la escuela. Me tocó en la misma clase que Lucía, Raúl y Ángel, pero había mucha gente nueva también.

Con el hábito de llevar uniforme, se me hacía rarísimo ir de vaqueros y camiseta, y ver que cada cual llevaba ropa distinta. Esa variedad multicolor me hizo sentir francamente bien, a gusto, a pesar de que mi estilo distara bastante de ser como el de la mayor parte de las chicas del *insti* (yo, a ojos de todo el mundo, seguía siendo muy a mi pesar una chica). También había, sobre todo entre las mayores, algunas que iban con el pelo corto y llevaban *piercings* y tatuajes. Me daba la risa sólo de pensar en la cara que pondrían las monjas si saliesen a este patio en el recreo.

—¿Qué sabes de Ana? —Me pilló por sorpresa la pregunta de Ángel, en un tono más conciliador que el que usaba conmigo habitualmente, mientras miraba de reojo a la fauna diversa que poblaba el instituto. Lo que para mí era la libertad más absoluta, para él era un mundo ajeno, hostil, donde ya no podía ejercer su estatus de superioridad.

—Está en el Santa Cecilia, en la ciudad —le expliqué con reservas; no acababa de fiarme de su repentina amabilidad—. Destinaron al padre a otra sucursal del banco, con la que se montó con las preferentes... Vaya, que ya lo sabes bien, que a vosotros os tocó de lleno. Lo siento mucho, en serio.

Puso una cara tan triste que hasta sentí lástima por él. Su familia se había quedado sin los ahorros de toda la vida y, por lo que había dicho el abuelo, no lo estaban pasando nada bien. Y encima, con lo tremendamente enamorado que estaba de Ana... Ya no sentí rabia ni celos al pensarlo. Estábamos los dos en la misma mierda, como diría mi madre.

—No te preocupes, hombre, que seguirá viniendo al pueblo los fines de semana —hice ademán de acariciarle la espalda pero enseguida, para mi propia sorpresa, me vi dándole un manotazo en el hombro, como se saludaban siempre los del equipo de fútbol. Me dio un poco de vergüenza mi propia reacción, siempre critiqué esa manera primitiva y agresiva de saludarse. A él, sin embargo, pareció reconfortarle.

—Ya me gustaría, ya. Y a ti también, me imagino. Pero cuando conozca a uno de esos musculitos del equipo de baloncesto del Santa Cecilia, no tardará ni diez minutos en olvidarse de mí y de ti. Ya verás, me apuesto lo que quieras.

No supe muy bien cómo tomarme aquello y me entró de repente un ataque de celos furibundos que intenté, sin mucho éxito, controlar. No por Ángel, pobre, sino por los chicos de su nuevo instituto. No me imaginaba a Ana colgada de ninguno de ellos, pero todo era posible. Me entró una nostalgia terrible y echarla de menos hacía que me doliese un lugar indeterminado entre el pecho y la barriga. Menos mal que habíamos quedado en que venía a casa el fin de semana.

Todos los nuevos de 1º de la ESO tuvimos una reunión con la orientadora, que pidió que nos pasáramos a verla con nuestra familia la semana siguiente. Yo fui con mamá y el abuelo y le contamos mi caso. No teníamos muy claro qué decirle, pero ya no había vuelta atrás, me daba algo de vértigo pensar en qué vendría a partir de ese momento pero, a la vez, una euforia liberadora que me daba fuerza para levantar una montaña para seguir camino, si hiciese falta.

—No sabemos muy bien qué hacer —le dijo mi madre después de explicarle lo mejor que pudo mi situación actual—. Hemos ido al médico de cabecera y nos ha dicho que, con esta edad, los adolescentes tienen muchos pájaros en la cabeza, que era mejor esperar a ver qué pasaba en los próximos cuatro o cinco años, hasta que cumpla los dieciocho. A nosotros, aunque también tenemos miedo de que sea una cosa de la edad…

El abuelo la interrumpió:

—Cosas de la edad ya sabes que no son, hija, ya lo hemos hablado. Deja que hable Xela también, que digo yo que algo tendrá ella, perdón, él, que decir.

Le conté lo que me pasaba, no fue una sensación muy agradable, porque no la conocía de nada y me miraba con una cara de sorpresa que no podía disimular y de preocupación como si pensase: "Lo que me ha caído encima". No había sido liberador como hablar con Ana o con el abuelo. Me resultaba una situación muy incómoda, la cara de la orientadora oscilaba entre el pálido-muerte y el colorado-tomate, por momentos y cada vez abría más los ojos. Parecía como en los dibujos animados, sólo faltaba que se le quedase la boca abierta como al cangrejo de La Sirenita. Yo por una parte quería decir bien alto quién era y por la otra tenía pánico de que todo el mundo me mirase como ella, es decir, como a un bicho raro. Las peores escenas de mis pesadillas se me agolpaban por momentos en la cabeza y yo intentaba espantar esos pensamientos, pero no había manera. La orientadora debió de captar mi incomodidad y se recompuso.

—No te preocupes, nada de lo que hablemos va a salir de este despacho, no hay ningún problema. Si quieres que hablemos a solas, tampoco pasa nada, tu madre y tu abuelo esperarán fuera.

Dije que no, que ellos ya lo sabían todo.

—Os voy a dar el contacto de un psicólogo de mucha fama. Es por la privada, pero sé que ya ha tratado también otros casos semejantes. Por desgracia, no hay por aquí cerca muchos profesionales que dominen el tema… Es importante ponerse en buenas manos, es un tema muy delicado el de su… —Y no fue capaz de encontrar palabras para terminar la frase. El abuelo respiró muy hondo:

—Gracias por su recomendación, pero que quede claro que mi nieta, mi nieto, no está loco ni enfermo, ni mucho menos.

Mi madre se puso roja:

—Papá, parece mentira, nadie está diciendo eso, por el amor de Dios. A ver si los psicólogos están sólo para la gente loca.

—Como apoyo —dijo la orientadora visiblemente incómoda todavía, hablando muy despacio como intentando encontrar las palabras ciertas— no estaría mal que por lo menos la madre asistiera también a alguna sesión por su cuenta. Es importante saber cómo llevar el proceso de transición, si lo llega a haber finalmente.

Cuando dijo el «proceso de transición» me entró un vértigo feroz, una sensación en la boca del estómago como cuando iba en el barco del abuelo en días de marejada o en las atracciones de las fiestas. Una mezcla entre miedo y alegría al mismo tiempo, me moría por contárselo a Ana.

El fin de semana lo pasó en casa y nos estuvimos poniendo al día de todas las novedades de nuestras vidas:

—Está lleno de gallitos, no veas el ambiente insufrible que hay en mi centro. ¡Ojalá pudiera estar en el tuyo! Dales muchos besos a Lucía, a Raúl y a... todo el mundo —se detuvo a tiempo, pero supe que lo hacía por no molestarme.

—Ángel te manda muchos recuerdos, se quedó muy triste al saber que no estarías con nosotros. Pobre, en el instituto es de los "peques", con lo que le gustaba a él ser de los que mandan.

—Ya... Mándale recuerdos también. —Ana no quería tocar mucho el tema, además de por mí, por la situación de su familia, el banco de su padre.

Quise preguntarle todos los detalles de los chicos de su colegio, me aterraba la posibilidad de que le gustase alguno de ellos, pero lo pensé mejor y me aguanté. No tenía derecho a hacerlo y lo sabía. Prefería hablarle de "lo mío", como se decía en casa, casi como un nombre clave. Le conté la conversación con la orientadora y que iba a empezar el proceso yendo a un psicólogo.

—Mi madre va ni se sabe desde cuándo, para ella es tan necesario como el gimnasio, siempre lo dice.

Me entraron ganas de reír, vaya comparación:

—Pues igual no es mala idea, la del gimnasio, digo, que estoy echando un trasero enorme, no me gustan nada mis caderas.

—¡Pero qué dices! Si tienes un cuerpo diez, los nuevos pantalones te sientan genial —Y me dio una palmadita cariñosa y me acarició la cara.

Me entró un calor por todo el cuerpo que fui incapaz de controlar. Decidí salir del paso:

—*Thank you, thank you, lady* —dije imitando el acento británico de la profesora McGonagall, nuestro personaje favorito de las películas de Harry Potter.

—Calla, que me sale el inglés por las orejas. En las pelis tenía su punto, pero aquí todo son actividades extraescolares en inglés *listening, reading, talking, monting a caballo*, me da un dolor de cabeza…

—Es lo que tiene ir a un centro pijo —le dije y estuve a punto de acariciarla yo también, pero me dio vergüenza mi reacción y cambié el curso de la mano para despeinarle la melena rizada que me había fascinado.

Nos echamos a reír. Era muy agradable ver cómo todo era distinto y a la vez nada había cambiado entre nosotros, seguía la misma complicidad. Yo esperaba que fuera siempre así, aunque no me importaría nada que algo cambiase, hacia otra dirección. Yo seguía con las mismas ganas de besarla que la tarde en el desván de mi casa. Cada vez me costaba más reprimirme y no decirle lo que sentía por ella. Parecía que había pasado una eternidad desde entonces.

17 SEGUNDOS
500 preguntas

S iguiendo las indicaciones de la orientadora, nos fuimos mamá y yo al psicólogo, el abuelo se quedó en casa porque no se encontraba nada bien, le habían vuelto los dolores de cabeza hacía unos días.

Contarle mi vida a gente extraña era algo que no me hacía especial ilusión, pero hablar de mí, de mis miedos, me estaba sirviendo para juntar fuerzas y asumirme.

—Por lo que cuenta, su hija tiene un caso concreto de trastorno de identidad, de disforia de género, pero todavía es muy joven, hay que dejar que pase el tiempo y ver si sólo es una crisis de la pubertad o si realmente es un caso real de transexualidad. Le vamos a hacer un test para asegurarnos —dijo sin apenas inmutarse.

No me gustó nada el tono condescendiente y frío que usó, ni las palabras con las que se refirió a mi situación. Disforia no sabía qué era, pero la palabra trastorno sí que la conocía y no sentía que tuviera que ver conmigo lo más mínimo. Empecé a revolverme en la silla y las manos comenzaron a sudarme. Mi madre también se quedó atónita, pero no nos atrevimos, ni ella ni yo, a decirle nada. Me llevó a otra sala, a hacer el test ese que por lo visto iba a indicar qué demonios me sucedía; como si no tuviera ya suficientes exámenes en el instituto, ahora me tocaba hacerlos también en la consulta. Fui a regañadientes, pero no me parecía oportuno llevarle la contraria.

El test tenía tal cantidad de preguntas que mareaba sólo verlo y, algunas de ellas, daban auténtica risa:

«Me gusta mucho cazar». ¿Cazar el qué? ¿Moscas? ¿Mariposas?

«A veces tengo ganas de pegarle fuerte a alguien». Sí, al doctor que me manda responder estas tonterías.

«Me gustaría ser soldado». ¿Soldado? ¿Qué chorrada es esa?

«Tengo miedo de las arañas». ¿De las peludas o de las de patas largas? Las de las patas largas me dan igual; las que parecen centollos, pero en pequeño, me dan bastante asco.

«Me gustan más las historias de aventuras que las de romances». Si tengo que escoger, me gustan más las de fantasía, ¿y eso dónde encaja, en aventuras o en romances? ¿Y si tienen las dos cosas?

Al principio lo tomé a risa, pero aquellos quince folios llenos de preguntas acabaron siendo una auténtica tortura.

—¿Tengo que responderlas todas? —pregunté con impaciencia.

—Las que puedas, ya sé que son muchas... Normalmente no se hace en gente tan joven, pero vaya, este problema aún no está muy desarrollado en menores. Se llama «el test de la vida real».

De la vida real de no sé quién, aquello era una soberana estupidez. Mi madre abrió mucho los ojos. La noté que estaba impaciente, porque no hacía más que tocarse el pelo, era un tic que tenía cuando se ponía nerviosa y ya no aguantaba más. Como vio que no iba a ser capaz de terminarlo y la hora de consulta estaba a punto de terminar, me dijo:

—Seguimos el próximo día, vayan donde mi secretaria y pídanle cita para la semana que viene. Son ciento veinte euros.

Mi madre me agarró de la mano y se dirigió hacia la puerta, enfurecida.

—Aquí no volvemos más, de eso nada. ¡Vaya manera de robarnos el dinero! Que se meta el «problema» y la «disforia» por donde le quepa el señor este. Y, de paso, si aún le queda sitio, el test ese de tropecientas preguntas.

Y, efectivamente, no volvimos por allí. Mi madre se pasó toda la semana rezongando del asunto. Me gustaba verla tan combativa, tan llena de energía, tan viva. La orientadora le preguntó a la semana siguiente cómo había ido la sesión.

—Para el señor doctor muy bien, que se ganó ciento veinte euros por tener a la niña, al chaval, haciendo un cuestionario una hora entera. Tendrá mucha fama, pero nosotros ni de broma volvemos por allí.

Sentí un orgullo enorme al ver a mi madre tan segura y una pena muy grande de ver que no habíamos arreglado nada.

—No te preocupes, mi chico, ya verás como todo va a salir bien. Encontraremos la manera. —Se me llenaron los ojos de lágrimas; era la primera vez que me trataba de chico a la primera.

18 SEGUNDOS
No es para tanto

Catorce años, ¡cómo pasa el tiempo! ¿Va todo bien? Mira qué delgada estás, niña, ¿tú comes bien? Estás muy paliducha... Igual es la moda, andáis con unas pintas raras los jóvenes de hoy. Mira que cortarte el pelo, pareces un chaval, no sé cómo tu madre te deja ir así por la calle.

Hacía mucho tiempo que la abuela Elena ya no vivía en el pueblo, pero siempre venía por mi cumpleaños, como un reloj. Me daba dinero y, aunque hacía esfuerzos por ser amable, siempre caía algún comentario del tipo: «Y mira qué ropa...», «vaya pelos», «con lo guapa que eras de pequeña, parecías un ángel». Siempre ha tenido una extraña manera de demostrarme su afecto.

—Date prisa, que llegamos tarde a la consulta, ya vamos a pillar el autobús por los pelos. —El abuelo estaba regular, algunos días ni se levantaba de la cama, otros parecía recuperarse casi del todo.

—Es que me retrasó la abuela y no había manera de escaquearse, no la iba a echar de casa...

—Si por mí fuera, ya no entraba en ella —soltó y se quedó tan ancho.

Mamá tenía trabajo en la fábrica y no había podido cambiar el turno, y me acompañaba el abuelo a la consulta de una psicóloga que le habían recomendado en un foro de Internet a su amiga María José de Barcelona.

Cuando llegamos a la clínica, estaban ya diciendo mi nombre. El antiguo, claro.

—¿Me va a hacer algún test? —le solté a la psicóloga, nada más entrar y presentarme como Álex. Me miró con cara de sorpresa:

—Pues no lo había pensado, preferiría hablar contigo, pero si te apetece mucho, tengo tests de varios tipos. ¿Qué pasa? ¿No te llegan los del instituto? —me dijo entre sonrisas.

Me cayó bien desde el primer día, me hizo sentir a gusto y empecé a pensar que podía ir avanzando. Tenía prisa, ya había tardado demasiado y el tiempo me quemaba en las manos.

—No es ninguna enfermedad ni trastorno, a pesar de lo que aún diga la Organización Mundial de la Salud. Ni caso. Una cosa es el sexo asignado al nacer y otra la identidad sexual. En la mayor parte de los casos coinciden, pero hay algunos en que no es así, como el tuyo. Al nacer, te asignaron por tus órganos sexuales que eras una niña; no obstante, por lo que me contáis, desde muy joven tu identidad, con la que te identificas, es la de un chico, ¿verdad? ¿He entendido bien, Álex?

Esa explicación tan sencilla, tan directa y tan clara, tan bien expresada, le hizo a mi abuelo levantarse y dar palmadas de alegría:

—¡Eso, efectivamente, nada más y nada menos! Mira qué bien lo ha dicho la doctora. No parece que sea la cosa para tanto, caramba.

—Efectivamente, no es para tanto, ni es para menos, tampoco. Es una cuestión delicada porque en menores de edad no hay un protocolo establecido, ni una legislación propia. Varía según las Comunidades, pero aquí aún no se ha aprobado una Ley de Identidad de Género mínimamente digna. Llevamos años luchando y algún día la tendremos, pero de momento nos toca esperar y dar la batalla.

Cristina, así se llamaba la psicóloga, nos explicó que, en otros países y en algunas partes de España cuando se detectaban casos como el mío a edades muy tempranas, se hacía un tratamiento inhibidor de la pubertad que impedía el desarrollo hormonal: la menstruación, los pechos… En mi caso, eso ya no era posible, tendría que haberse hecho dos o tres años antes. Me dio pena saberlo, no haber sido capaz de reaccionar años atrás.

—Para circunstancias como la tuya —explicó con calma y dándome mucha seguridad —se suele hacer un tratamiento hormonal de testosterona, pero habría que esperar un tiempo, por lo menos un año o dos, e informaros bien, tener bien claro que es eso lo que quieres. No tienes por qué modificar tu cuerpo si no quieres. No hay una forma única de ser hombre ni de ser mujer. Las reglas que nos impone la sociedad son muy duras, lo sé, pero la decisión es solamente tuya.

Me explicó que, si decidía hormonarme, la testosterona me iba a cambiar la voz, a hacerla más masculina, me haría crecer la barba, se me iba a cortar la menstruación con el tiempo y, a nivel físico, mi apariencia iba a ser completamente distinta, más "masculina" según los cánones, dijo haciendo con las manos el gesto de "entre comillas". También me informó de que, en el futuro, si lo consideraba conveniente, podría hacer otro tipo de operaciones, como la mastectomía si quería dejar de tener pechos… "femeninos", por así decirlo. Cristina explicó que, llegado el momento si así lo decidía, tendría que ir a una consulta de endocrinología, hacerme una y mil pruebas y seguir un tratamiento controlado en el que me inyectarían testosterona cada cierto tiempo.

—A esa etapa la llamamos comúnmente transición, precisamente porque tu cuerpo va a ir cambiando poco a poco. Pero para eso hay que prepararse. No es fácil ni para quien lo hace, por muy claro que lo tenga, ni para el entorno.

—¿Y cuánto duraría el tratamiento? —preguntó el abuelo, preocupado.

—Lamentablemente, el tratamiento tendría que ser de por vida. Pero es reversible. Si se deja de tomar, el cuerpo volvería al estadio inicial.

Cristina me abrió los ojos, las puertas hacia unas posibilidades de las que había escuchado hablar remotamente en Internet. Pero tenerlas delante, que me las explicaran, hacía que por fin fuera una posibilidad real. Me entró una sensación de euforia, de felicidad inmensa, mezclada con cierto miedo. Cuando llevas tanto tiempo deseando una cosa y, de pronto, la tienes delante, al alcance de la mano… Daba vértigo. Tenía mucho que pensar, que informarme, que decidir. Le contamos todo a mamá, se hartó de hacer preguntas:

—¿Y esto no te hará daño? A mí me da miedo que esos tratamientos no estén suficientemente experimentados, que te usen de conejillo de indias para experimentar tratamientos…

—Lo que le hace daño es no estar a gusto consigo mismo, Adela. Tiene que ser él quien lo decida.

Era la primera vez que el abuelo me trataba en masculino espontáneamente y me gustó, mucho. Me dieron ganas de llorar de alegría, y le di un beso de esos que hacen mucho ruido, como cuando era pequeño.

Desde ese día, fuimos a ver a Cristina cada semana o cada quince días. Siempre me acompañaban mamá y el abuelo, a veces entraban conmigo en consulta y otras lo hacía yo solo. Entre todos fuimos buscando respuestas a todas las preguntas y poniendo palabras al silencio que me había acompañado hasta el momento.

19 SEGUNDOS
El beso

Un día, después de casi un año de consultas, Cristina me pidió que viniera también Ana, yo ya le había comentado que era la otra persona que sabía de mi verdadero yo.

—¿Seguro que no te importa? —le pregunté mientras hacíamos tiempo para entrar en la consulta, me resultaba muy inquietante incluirla en el proceso. Claro que era lo que quería, pero tenía miedo, como en las pesadillas, de que echase a correr. Seguía muriéndome por besarla pero había decidido centrarme en mí y en mi proceso y me daba tanto miedo el rechazo que prefería no pasar de la *friend zone*.

—¿Pero cómo me va a importar? ¡Yo por ti hago lo que sea! Después de aguantarte tantos años, ya ves tú… un castigo más.

Ana puso cara de burla, subió la ceja y me sacó la lengua.

—¡Eres mala! ¡Bicho, que eres un bicho! —le contesté entre risas.

Me cogió la mano y se acercó para darme un beso en la mejilla, pero la retiró bruscamente y se alejó de mí de un salto. Yo no entendía nada.

—Hola, Ana. ¿Qué haces, de paseo?

Un grupo de chicas muy arregladas, maquilladas como puertas y todas con tacones y bolsito de marca, pasaron por la calle a nuestro lado y se pararon para mirarnos con cara de sorpresa, espanto y risa al mismo tiempo.

—Esto… sí, de recados con una amiga de la escuela —dijo tartamudeando y roja de la vergüenza. Nunca había sabido disimular.

Me miraron fijamente, de arriba abajo varias veces, haciéndome sentir una incomodidad que no sabía cómo manejar. Me hubiera gustado desaparecer como por arte de magia.

—¿Una amiga? Ya vemos, ya, nos vemos mañana —no me gustó nada el tono en que nos hablaron y siguieron andando entre risas y susurros; sólo logré entender las palabras "marimacho" y "rarita".

—Son unas de tercero, muy tontas. Disculpa… yo… —Ana estaba completamente paralizada.

Entramos en el portal de la consulta y yo no podía creer lo que acababa de pasar, se había separado de mí tan bruscamente…

—Lo que menos esperaba es que te avergonzaras de mí a estas alturas —le dije mientras me temblaba la voz—. Creo que es mejor que no vengas a la sesión, Ana. Si quieres estar a mi lado, perfecto, pero si vas a sentir vergüenza de que te vean conmigo, prefiero que te marches. Por mucho que te quiera, llevo demasiado tiempo luchando y este paso tengo que darlo, contigo o sin ti.

—Yo también te quiero —me dijo mientras me miraba fijamente a los ojos.

Y sin que me diera tiempo a reaccionar, se acercó a mí y me dio un beso en los labios. Nos abrazamos y nos besamos no sé cuánto tiempo, yo hubiera querido parar el reloj en ese momento y saborear para siempre el mejor momento de mi vida. No me creía que lo que siempre había sentido en sueños ahora era realidad, y era incluso mejor de lo que me había imaginado. Todo era perfecto hasta que se abrió la puerta del ascensor delante nuestra; un vecino que bajaba protestó entre dientes no sé qué cosa, que, a decir verdad, nos dio bastante igual. Con todo ese océano de sensaciones recorriendo nuestros cuerpos y con ganas de no dejar de abrazarnos nunca, entramos de la mano a la sesión.

20 SEGUNDOS
Adrián FTM

—Para tu cumpleaños te voy a regalar un ordenador sólo para ti, que no dejas este libre un minuto, caray —refunfuñaba el abuelo.

—Pues vete ahorrando, que es la semana próxima. No me parece mal celebrar los quince con un portátil nuevo. Un iMac de quince pulgadas me va bien, ya puestos a escoger… —le dije entre risas.

—Lo veo, lo veo… ¡No te caerá esa breva! Le he echado el ojo a uno de segunda mano, con un procesador de cuatro gigas. Tiene velocidad suficiente, te llega y te sobra. ¡Mira con lo que nos sale el señorito ahora, un iMac, nada más y nada menos! Lin los consigue muy baratos no sé dónde, pero en vez del dibujito de la manzana, igual traen el de una pera… ¡ji, ji, ji!

Nos partíamos de risa con las ocurrencias del abuelo. Con la enfermedad había dado un bajón enorme, pero aún conservaba la chispa. Eso sí, lo de aprender chino lo había dejado de lado. Lin era buen vendedor, pero como profesor, no tenía muchas habilidades. O eso decía el abuelo, incapaz de reconocer la derrota.

Esa primavera descubrí los canales FTM en YouTube. FTM hace referencia a «Female To Male», de mujer a hombre, una especie de diario en la red donde los chicos trans mostraban, con vídeos e imágenes, su proceso de transición. Enseñaban fotos de antes y después del tratamiento con testosterona, el cambio de su voz, hablaban de sus experiencias, preocupaciones, dudas, de los miedos y de las incertidumbres, de la vida en general y en particular. Se me abrió un mundo entero a mis pies.

Al principio eran casi todos extranjeros, de los Estados Unidos, Alemania, Inglaterra... Ana me ayudaba a traducirlos:

—Va a ser algo bueno, finalmente, que te hayan enviado a ese instituto pijo —le decía para fastidiarla.

Pero poco a poco iban apareciendo testimonios también de toda España. Descubrir que había gente por el mundo como yo era muy reconfortante. Una cosa es que lo diga la psicóloga, las estadísticas, y otra cosa es ponerles cara, escucharlos hablar, verlos reír, llorar, con las mismas experiencias y preocupaciones que las mías. Ya no me sentía tan bicho raro. Me hice amigo de muchos de ellos, hablábamos por *e-mail*, a veces hacíamos videollamadas y era genial, éramos como una gran familia expandida por el mundo. Los mayores organizaban quedadas en Madrid, Barcelona... A mí no me dejaban ir, de momento, pero pasaba horas y horas hablando con ellos.

—Me parece muy bien que ahora tengas tantos amigos —me regañaba Ana— pero si sigues sin hacerme caso ya le puedes pedir salir al ordenador, que yo me voy, caramba, que estoy aquí a tu lado y me muero por besarte. Pero si prefieres liarte con el ordenador, tú mismo...

Le había contado a Ana el momento en que había estado a punto de besarla, en el desván de mi casa, años atrás, y las pesadillas que aquel momento me había provocado.

—No sé cómo hubiese reaccionado, la verdad, era muy niña aún… Pero seguro que no como tú me veías en tus sueños, no era, ni soy tan pérfida… —dijo levantando la ceja y poniendo cara de mala.

—El miedo es libre, como dice el abuelo… Mira, está llamando Adrián por el ordenador, dile hola, Ana, que quería conocerte, le he hablado tanto de ti que es casi como si te conociese. Es un chico majísimo, verás. Hola, chaval, ¿cómo vas?

Adrián era un chico gallego también, y llevaba casi dos años en T (así le llamaban al tratamiento de testosterona). Estaba contento porque tenía ya una hermosa perilla y se acababa de hacer la mastectomía. La operación le había valido, en Barcelona, algo más de 5.000 €. Había trabajado de camarero los fines de semana y los veranos de casi dos años.

—Si no llega a ser por la gente de la Red, tío, no sé qué sería de mí. Mis padres no lo llevaron nunca nada bien y siguen prácticamente sin hablarme y en el instituto, un horror. Había un grupo que me tenía completamente amargado, llegaron a darme un día una paliza tremenda. Los denuncié y se montó un lío en el pueblo que no veas, con los padres de todo el mundo opinando. No me querían en el centro y así me lo hizo saber el director, muy sutilmente y así dejé de estudiar y me puse a trabajar de camarero en el bar de una amiga de mis padres, la única que realmente me apoyó. Muy duro, tío, muy duro. No le deseo a nadie el infierno en que se convirtió mi vida. No sabes la de veces que pensé en quitarme del medio, como Alan, el chaval ese de Barcelona, o Ekai, un chico vasco que tenía familia en un pueblo de aquí cerca. ¿No has oído hablar de él? Muy fuerte, no consiguió aguantar la presión, el *bullying* que le hacían a diario y se suicidó la semana pasada. ¿Y sabes? Parece que a nadie le importa, todo el mundo se calla porque somos muy incómodos para la sociedad. No encajamos en el mundo que han construido. Pues que se jodan, nos van a oír quieran o no. Somos muchos y muchas, Álex, aunque al principio pienses que estás solo, para nada es así. Yo he podido acabar como Alan o Ekai, tío, en serio, me faltó muy poco. Un día vi un reportaje en la tele, por casualidad, "Sexo sentido", o algo así, y vi chicos y chicas, niñas y niños bien pequeños que lo tenían clarísimo y tenían el apoyo de sus familias. Otro mundo es posible, chaval. Me cambió el chip y empecé a conocer gente por Internet, en foros, en Instagram, Facebook, YouTube… Flipé, de verdad, ¿habían estado siempre ahí? ¿Cómo no me había enterado? Fue alucinante todo lo que me ayudaron, en serio. Tú no eres consciente de la suerte que tienes, tío: Ana, tu madre, tu abuelo…

—Llevas razón, Adrián, tenemos que hacernos oír. Me dejas de piedra con lo de Ekai, no hay derecho, qué impotencia, qué rabia, qué mierda… Yo, de momento, no he tenido mucho problema, pero estoy aún en el armario. Cuando salga y esto se sepa… ya veremos. Llevo dos años con la psicóloga, pero sólo lo saben en casa y Ana. Cuando inicie el tratamiento, empezaré a decirlo y no te quiero mentir, me da miedo ver qué me espera cuando todo el mundo lo sepa. Estoy seguro de lo que quiero y tengo ya muchas ganas de poder ser yo dentro y fuera de casa, pero la gente que me conoce de toda la vida… No sé, no es fácil.

—No vayas a pensar… Espera, que se ha quedado bloqueada la imagen, tengo que cambiar de compañía de Internet, esta va fatal. Ya, ahora mejor. Te estaba diciendo que a veces quien menos piensas es quien mejor reacciona. En muchas ocasiones el miedo que tenemos nos impide actuar con normalidad, o la culpa, o la vergüenza o yo qué sé. Vamos a llevarnos palos, seguro, pero también tenemos que aprender a levantarnos y recomponernos. Yo no quiero estar más en el hoyo, tío, en serio, toqué fondo y allí no quiero volver. Vaya discurso que te estoy soltando, chaval, parezco el hermano mayor ese de la televisión.

—Me has hecho llorar, chaval. No puedo estar más de acuerdo. Fíjate, había un tío en la escuela con el que me llevaba fatal, el capitán del equipo de fútbol. Teníamos una rivalidad muy tonta, no sé por qué –bueno, a él también le gustaba Ana, pero eso era otra cosa–. Está ahora en mi instituto y el otro día, unos imbéciles de segundo me llamaron, no recuerdo si «marimacho» o «tortillera» o algo así –yo no les hice ni caso, paso muchísimo de esa gente– y de pronto Ángel les echó una bronca de cuidado y les dijo que al próximo que me dijera algo le iba a romper los dientes. No es que sus métodos vayan mucho conmigo, pero me quedé alucinado. Nunca lo hubiese esperado de él. No estoy a favor de la violencia y me parece un bruto, pero le agradecí el apoyo. Ya te iré contando cómo va todo, Cristina me dijo que en breve empezábamos el tránsito. Travesía, como dice el abuelo, que fue marinero toda su vida. El próximo mes tengo cita con la endocrina, qué nervios…

—¡Genial! Me alegro una barbaridad, en serio, ya verás como va todo bien. Mira, con todo lo que he pasado, no me arrepiento de nada. La gente que me dejó de lado, mejor tenerla bien lejos, no merecía la pena y por el camino han aparecido personas que valen muchísimo la pena, ¡como tú! Como se suele decir… aquello que no te mata, te hace más fuerte. A ver si quedamos un día, chaval, y tomamos algo sin una pantalla de por medio. No sé si seré capaz de reconocerte, con esta mierda de webcam que tengo, podías ser María Teresa Campos que yo ni me enteraría.

Siempre acabábamos partiéndonos de risa. Admiraba su humor, su manera de tomarse las cosas.

—Te dejo, que tengo que ir a hacerme las curas. Me recomendaron una crema natural que ayuda a cicatrizar muy bien. Fue Aurita, una vecina de toda la vida que tiene más de noventa años. Supo lo de mi operación y vino a traerme la pomada a casa, muy fuerte, tío. A mi madre casi le da un infarto. Lo dicho, de quien menos lo esperas…

—¿Me puedes enseñar la cicatriz? Nunca he visto ninguna… Si no te importa, claro.

—Al contrario, ¡para mí es un orgullo! No es ningún secreto, no me avergüenzo, es una huella más que me ha dejado la vida. La he tenido de perfil de Instagram un tiempo, pero mucha gente decía que era desagradable.

Adrián se quitó la camiseta y se quedó con el pecho descubierto. Daba una sensación extraña ver aquella costura atravesándole el pecho en horizontal, pero me gustó y, por qué no decirlo, me dio un poco de envidia. Levantó los brazos hacia el techo y la cicatriz parecía una sonrisa, y los pezones, aún un poco inflamados de la operación, dos ojillos.

—Parece que te está sonriendo el pecho, tío, ¡qué pasada!

—Sabía que lo ibas a pillar. Esa era la foto que puse en mi perfil, pero casi nadie la entendió. Sólo veían la cicatriz, la herida y no la sonrisa. Cada mañana, cuando me miro al espejo, hago siempre la misma broma. Después de lo que he llorado, tío, pienso reírme todo lo que pueda. Y de mí mismo, el primero. Te dejo, anda, hazle caso a tu novia. ¡Nos vemos!

21 SEGUNDOS
Despedidas

—Todo el día con los ordenadores, el uno y el otro, os vais a quedar tuertos —protestaba mi madre cuando nos veía al abuelo y a mí enfrascados cada uno en su actividad cibernética—. Es como tener dos muebles en casa, desde luego me hacéis una compañía... Por cierto, ¿viene hoy Ana a comer con nosotros?

—No, tenía el aniversario de boda de sus padres y se iba a comer toda la familia fuera —era ya una tradición que viniese a comer con nosotros cada domingo.

—No sé por qué no les decís nada de que estáis juntas, juntos, vaya... perdona, es que a veces me olvido. Son sus padres, deberían saberlo, ¿no?

—No pasa nada, mamá —le di un beso sonoro; desde hacía ya unos meses en casa me trataban, casi siempre, en masculino, formaba parte del proceso. Para Cristina, Ana, mamá y el abuelo, yo era Álex y punto—. No les queremos decir nada de momento, preferimos esperar a que empiece el tratamiento y decírselo ya todo junto. Hemos decidido que es lo mejor.

—Mucho mejor, claro que sí. Así se mueren de una vez con el susto —dijo mamá frunciendo el ceño—. Vosotros sabréis, pero a mí, de ser sus padres, me gustaría saber toda la verdad lo antes posible.

—Ana también necesita su tiempo, mamá, para ella también es complicado. Yo no me puedo meter en eso, son sus decisiones y las respeto.

—Claro que sí, hijo —y al decir la palabra se paró en seco. De algún modo, ella también estaba haciendo un proceso de despedida, de luto. Le estaba diciendo adiós a Ánxela, la niña de sus ojos, para recibir a Álex, aunque supiera y asumiera, más en la teoría que en la práctica real, que Ánxela, Xela, Xeliña como ella la imaginaba, nunca había existido. Sabía, y mucho le estaba costando aprender, que no es que yo me hubiese transformado en alguien distinto como por arte de magia, sino que empezaba a ser yo de verdad.

El abuelo estaba en silencio, y era raro que no metiera baza en la conversación. Él nunca había sido de estar callado. Cada vez se iba apagando más y más.

—No me encuentro bien —dijo con un hilo de voz y, a continuación, se desvaneció. Mamá se acercó al suelo a reanimarlo y yo llamé a la ambulancia tan pronto como pude. Tardó sólo diez minutos, pero se me hicieron eternos. No sabíamos qué hacer.

Fuimos los tres en la ambulancia, a toda velocidad, hasta el hospital. Lo entubaron y le pusieron oxígeno, no parecía él, con los ojos en blanco. Nunca lo habíamos visto en esa situación. Él siempre había sido nuestro mástil, nuestra ancla.

—¡Abuelo, abuelo, respira, por favor! Venga, ánimo, que tú puedes. ¡Respira! —le gritaba como si él tuviese la culpa de algo, no supe reaccionar de otro modo.

Mi madre estaba muda, sólo lo miraba y luego cerraba los ojos, como si estuviera hablando, en silencio. Entramos por la UCI y nos hicieron esperar a mamá y a mí en una sala toda la noche, no fuimos capaces de dormir ni cinco minutos. Por más que preguntamos, no llegamos a saber nada hasta que, hacia las diez de la mañana, apareció una enfermera en la sala:

—Familiares de Ramón Gondar, por favor —nos levantamos de un salto mamá y yo a la vez.

—Sólo puede pasar una persona —dijo con voz muy seca.

Fue mi madre tras ella y volvió a los diez minutos. Venía con la cara desencajada y los ojos vidriosos.

—Está muy mal —casi ni podía hablar—. Dicen que con el tumor que tiene en la cabeza no saben cómo no ha muerto hace años ya. Que está vivo de milagro, pero que se puede ir en cualquier momento. Pueden ser horas, días, o semanas.

Nos dimos un abrazo y mamá se echó a llorar. Nunca la había visto así. Ella era siempre quien me consolaba en mis llantos. Nos informaron de que estaba inconsciente y que no sabían si despertaría o no, que era mejor que nos preparásemos para lo peor. Cuando le comunicaron lo de la enfermedad, ese verano pensamos que sería el último que íbamos a pasar juntos, pero como había tenido una mejoría tan espectacular, de algún modo imaginamos que iba a estar ahí para siempre, con su gorra y su sonrisa.

Pasamos dos días con él en el cuarto, y no se movió ni abrió los ojos. Ana venía todas las tardes, después de las clases, y hablaba con él continuamente.

—Yo creo que escucha, estoy segura. ¿No te parece que nos está sonriendo?

No me parecía, la verdad. Eran imaginaciones suyas pero, por si acaso, cuando me quedaba a solas con él, aprovechaba para decirle todas las cosas que no me había dado tiempo, o que no había recordado o que me había dado vergüenza decirle hasta ahora. Le di las gracias por estar siempre ahí, por ayudarme siempre con todo, por valorarme más de lo que yo me había valorado nunca, por ese sentido del humor que tanto nos había hecho reír, aún en los peores momentos, por no pensar en el qué dirán, por quererme por encima de todo.

—¿Y por el ordenador que te regalé hace poco? ¿Acaso no me das las gracias por esa supermáquina? —abrió los ojos e intentó esbozar una sonrisa endeble.

No aguanté más y rompí a llorar:

—Qué cosas tienes, abuelo, hasta en el hospital me haces reír —dije entre hipos.

—Pues qué mal te hago reír, que no te veo más que llorar. Mi niño, cuidaos mucho tu madre y tú. Sólo te pido una cosa, cuéntame cómo te van las cosas, quiero saber de ti allá donde vaya, tu sabrás cómo hacerlo y, sobre todo, no tengas miedo de ser quien eres, siempre te lo he dicho, pero no lo olvides nunca. Me da lástima no acompañarte más, pero estoy seguro de que va a ir todo muy bien, de que vas a salir adelante. Yo estoy tan orgulloso de ti, mi pequeño, ni lo imaginas. Cuéntame, no dejes de contarme...

Paró de hablar y me pidió un vaso de agua pero, antes de beberla, se quedó dormido. Salí corriendo y le conté a mamá, que estaba fuera hablando con las enfermeras, que el abuelo se había despertado y que me había hablado.

—Has debido de soñarlo, chica, es imposible que haya despertado, tal y como está. Imposible —dijeron ellas.

—Si mi hijo lo dice, será que es cierto, permíteme que os lo discuta —nos fuimos al cuarto inmediatamente, pero seguía inmóvil, dormido. Nunca más se volvió a despertar.

22 SEGUNDOS
En tránsito

—Ya tengo los resultados de la endocrina, están todos los niveles perfectos. Empiezo mañana el tratamiento de testosterona —el despacho de Cristina, la psicóloga, me era ya tan familiar como el salón de casa, mucho más triste desde que el abuelo nos había dejado.

—Enhorabuena, Álex, me alegro mucho. ¿Con qué dosis vas a empezar? —dijo mientras apuntaba en su cuaderno rojo.

—Con doscientos cincuenta mililitros cada quince días. La doctora me dijo que para empezar estaba bien así.

—¿Nervioso?

—Pues... un poco, sí. No les tengo mucho cariño a las jeringuillas pero son más efectivas que las cremas, así que mira, ya de hacerlo, ¡hacerlo bien!

—Eso diría tu abuelo, efectivamente. Cómo le hubiera gustado estar contigo ahora...

Cristina, la psicóloga, y el abuelo habían hecho muy buenas migas. Tenían el mismo sentido del humor y algunas sesiones habían sido pero que muy divertidas.

—Él va a estar siempre conmigo, lo tengo clarísimo, va a seguir el día a día de este camino. Le prometí que lo iba a tener informado de todo y ya se me ha ocurrido cómo hacerlo.

Hacía varios meses que se había muerto pero aún me costaba mucho hablar de él sin emocionarme, y a mi madre igual. Nos habíamos unido más, si cabe, desde que él no estaba. Sabía que él lo hubiese querido así.

—¿Ya tienes claro cómo vas «a salir del armario»? —me preguntó, curiosa, levantándose de su despacho, era un tema que habíamos hablado en varias ocasiones—. Es mejor, como ya hemos hablado, empezar por la gente más próxima. Es probable que a muchos no les extrañe, pero ir viendo tus cambios físicos, llamarte en masculino, con otro nombre… les va a costar mucho, ya lo sabes, no va a ser de un día para otro. Legalmente, hasta que cumplas los dieciocho y lleves dos años de tratamiento, no puedes cambiar el nombre y el sexo en el DNI ni en los documentos oficiales, te queda un año y pico…

—Lo sé, sí, toca esperar, pero le voy a pedir a todo el mundo que me llame Álex igualmente. La gente que me quiere de verdad sé que va a seguir ahí. Y, en este camino, caben todos los que quieran venir conmigo y sobran todos los que no. Así de sencillo, ni más ni menos. Y sí, ya he decidido cómo hacerlo —dije con una sonrisa enigmática—. La semana que viene, si quieres, te mando un mail y te voy contando qué tal.

—Mejor llama por teléfono, y así escucho tu nueva voz —me guiñó un ojo—. Dame un abrazo, anda, estoy realmente contenta de ver tu madurez, tu seguridad. Un placer haberte ayudado a llegar hasta aquí, ya sabes donde estoy para lo que necesites, cuando sea necesario, a cualquier hora. Ya tienes mi móvil.

—Mamá me dijo que te preguntara si quieres venir a comer con nosotros el sábado, vamos al Sotavento, el restaurante favorito del abuelo. El sábado estaría de cumpleaños y se quedó con las ganas de una buena mariscada. Viene Ana también.

—¡Pues claro! Ya no soy vuestra terapeuta y, por Ramón, si hay que sacrificarse y comer unas cigalitas, pues se comen… Nos vemos el sábado, Álex, y ya me cuentas qué tal. —Nos dimos un abrazo largo y profundo. Ana esperaba en la sala.

—¿Todo bien? —preguntó.

—¡Todo bien! —respondí. Y salimos a la calle, de la mano.

Nos despedimos con un beso junto al autobús. Alguien comentó algo, pero nos dio exactamente igual. Al llegar a casa, la sala estaba vacía, no podía dejar de mirar la butaca donde mi abuelo leía con la esperanza de que algún día apareciese de nuevo, saludándome con un gesto de la mano en su gorra de viejo marinero. A mi madre le tocaba turno de tarde y no iba a llegar hasta bien entrada la noche. Hice la cena, porque normalmente llega cansada y con hambre. Subí a mi cuarto y encendí la cámara.

La luz roja parpadeaba insistentemente. Llevaba mucho tiempo dándole vueltas a la idea y estaba claro que quería, necesitaba hacerlo, cumplir su promesa. Estaba decidido. La cámara encendida le pedía, a voz en grito, que lo hiciese de una vez… ¿A qué esperas? ¡Suéltalo ya! ¿Acaso no habla todo el mundo de lo que piensa, lo que hace, lo que opina en Internet? Lo que no se dice es como si no existiera, le había dicho el abuelo un día. Y ya era hora de existir. Álex, hasta ese momento, sólo había vivido de puertas adentro.

Comenzó a sudar gotas heladas que le resbalaron por la espalda. Ya no había marcha atrás.

Eva Mejuto, Doctora en Periodismo por la Universidad de Santiago de Compostela, ha trabajado en el sector infantil de 1998 a 2016, primero en Kalandraka y luego en OQO. Actualmente forma parte del proyecto de gestión cultural "Capicúa". Es docente del Máster en Libros Ilustrados y Animación Audiovisual de la Universidad de Vigo y ha finalizado recientemente su tesis doctoral sobre el realismo social en el álbum ilustrado. Es autora de varias adaptaciones de álbumes ilustrados traducidos a más de diez idiomas. La edición gallega de "22 segundos" (Xerais, 2017) ha sido su primera incursión en la literatura juvenil, seguida de "Memoria do silencio" (Xerais, 2019), obra que resultó finalista del Premio Jules Verne de narrativa juvenil. Actualmente coordina el Salón Internacional do Libro Infantil e Xuvenil de Pontevedra.

Mónica Rodríguez
Un gorrión en mis manos
140 páginas
ISBN: 978-84-949257-3-3

"La lectura de esta obra cautiva, hace recordar y provoca sentimientos a cualquier edad gracias a la simple elegante pluma de Mónica Rodríguez. Un regalo para compartir con adolescentes que están empezando a moldear su camino" (*Canal Lector*).

Lea-Lina Oppermann
Lo que pensamos, lo que hicimos
200 páginas
ISBN: 978-84-948183-8-7

"*Lo que pensamos, lo que hicimos* es soluble en el tiempo. Las horas dejan de existir mientras los minutos son suplantados por una trama trepidante, profunda y tensa. (...) Una polifonía literaria en la que su autora, Lea-Lina Oppermann, maneja el ritmo, el climax y los silencios con una calidad artesana. Estáis advertidos: no os dejéis atrapar por el libro, saltará de la ficción como un animal al acecho para quedarse en las entrañas lectoras" (blog *Cuando te presento el mundo*).

Caroline Solé
La pirámide de las necesidades humanas
120 páginas
ISBN: 978-84-948183-7-0

"... una inteligente crítica a la telebasura y al consumo frugal de contenidos generados en internet, sin filtrar, por determinados medios de comunicación, también esboza reflexiones sobre la sociedad de consumo y el impacto que algunos valores (o más bien la falta de ellos) provoca en la adolescencia. Escrito con una prosa atractiva y original" (*Canal Lector*) .